第一道曙光

莫渝　著

詩　是詩人心　的曙光

　　透露人類的良知

詩　是詩人存在的印記

欣欣綻放一集淡淡的詩蕊

——序莫渝詩集《第一道曙光》

郭　楓

> 蓄神奇於溫厚，寓感愴於和平；
>
> 意愈淺愈深，詞愈近愈遠。
>
> ——明·胡應麟《詩藪》內篇

A、欣欣綻放

莫渝是「一位不斷成長的詩人」。

這句話是我讀過莫渝新著《第一道曙光》詩稿的體認。這句話是我懷著欣悅的而又讚佩的心情說出來的。

浮泛在作詩和論詩流光中歷一甲子，我較少以這句話稱許當代的詩人，我也沒有多大把握以之期待自己。成長是一種向上的狀態，有別於前進的或發展的狀態，前進，可能會亂走；發展，可能向正面也可能向負面發展。台灣詩壇一九五、六〇年代，有些炙手可熱烜赫無比的現代派名流，直至當下還偶而寫詩。他們，前進著，也發展著，只是越老越走向無聊，詩也變得越來越好笑而已。成長，在創作上，則是有意義的前進、向藝術性發展。詩人應不斷追求意義和藝術，「老去漸於詩律細」的詩聖，是不斷成長的詩人之典範。

莫渝的詩，我是相當熟悉的。我曾花工夫讀過他的幾本詩集，寫過評文。如今，讀到這集新著《第一道曙光》詩稿，

我發現，莫渝的詩藝，在成長，在欣欣綻放的情境中不斷地成長。

人在年輕的時候，誰不是愛文藝的詩人？懵懵懂懂寫作些詩又是怎樣的詩？說「詩是年輕人的文學」持這種觀點的人，對詩的認知太過於青澀了。要是說「詩是心靈年輕者的文學」，倒是一句箴言。莫渝，行年將至耳順的大關，寫詩的歷程也三十多年。他的人，還是整天快快樂樂地在鑽研詩；他的詩，還是茂茂盛盛地茁長；他的詩心，竟如此年輕。這就難怪《第一道曙光》的詩，能在島嶼這不適合詩的氣候不適合詩的土壤，燦然，欣欣綻放。

B、一　集

這一集詩，按題材分為四輯。輯一「自由：寬廣的路」詩七十七首，輯二「傾聽自然」詩三十八首，輯三「北國三部曲」詩二十首，輯四「田園與畫意」詩十七首。四輯總計，收詩一百五十二首。

這一集詩，題材的選取，莫渝超越以往幾個詩集歌吟的範疇。在廣度上大跨步進展，從個己生活中瑣碎的見聞行止細事，擴展到對社會的、時代的、歷史的重大事項的涉獵；可以說包含廣闊。在深度上創造出新境，甩掉了小知識份子孤芳自賞式喜怒哀樂的感嘆，走向悲憫人生關懷社群的大愛境界；可以說是識見深遠。當然，在「廣闊」和「深遠」兩大範疇，莫渝雖已起步而要走的路還長。不過，應該欣慰得是，在目前，不少詩人，以惡劣為先鋒，以庸俗為務時，詩歌搖擺於季節風中，而他堅定不移；以他溫厚的性格，和平的心志，

讓我有理由期待，這塊樸實美潤的厚土，將可以長出豐碩的麥子。

這一集詩，按題材性質分輯，各輯內容自有重心。整個看來，第一輯又是全集重心。（一）、數量上：第一輯有詩七十七首，已佔全集一百五十二首的百分之五十強，份量之重自不待言。（二）、內容上：第一輯詩視野廣闊，已包括這一集詩全面的題材。也就是說，這一集的詩，內容上，有些詩如〈雪〉、〈蝴蝶單飛〉、〈誰說樹葉沒有千姿百態？〉等，和「輯二‧傾聽自然」相近；有些詩如〈夢幻草原〉十七首組詩和「輯三‧北國三部曲」相近；有些詩如〈月影〉、〈慾望之旅〉、〈邊境小鎮〉等，和「輯四‧田園與畫意」相近。所不同的是，第一輯詩題材龐雜，第二、三、四輯詩，各收錄單一題材的作品。（三）、編排上：《第一道曙光》一百五十二首詩中有一百五十首是2005、2006兩年的新作。例外的兩首：〈遠方有戰爭〉（2003）、〈默禱〉（2004），分別排為第一輯的一、二首。接下來的第三首是〈第一道曙光〉。從這三首編排的順序推究，我以為，首先是反戰詩，而後默禱和平，而後曙光降臨；三首詩，排出了莫渝禱求人類和平相處的階程。又第一輯名為「自由：寬廣的路」，內容以「和平」為宗旨，以「寬廣的路」為導向，更顯示詩人心中憧憬人類和平的高遠夢境。

這一集詩，突出在當下某些荒唐的、乖張的詩集之上。是的，台灣詩壇，需要的正是像《第一道曙光》般的詩，一集，一集……。

C、淡淡的

《第一道曙光》在詩歌藝術的手法上，也表現得不俗。

詩歌藝術，在於創作的表現，不在理論上的敘說。詩論家的說法，把詩藝闡說得奧妙至極，對詩歌創作有多大好處？很是可疑。其實，一句話：「詩是運用語言表現意境的藝術」，這是詩歌創作的基本典律。這句話包含了「語言」、「表現」、「意境」等詩歌藝術的三個核心問題，這三個問題在討論一首詩時，都不該偏廢或迴避任一點。

我們按照這三個問題，來考察《第一道曙光》的藝術造詣。

（一）語言：語言問題的本身不外乎，鍛造字詞、捕捉意象、設計語境等三要素。使用三要素的技巧，神而明之，存乎一心；但在創作實踐中，因詩的體式不同，便有手法上調整分配的不同。《第一道曙光》的詩，大半是二十行左右甚至不少十行以下的短詩。短詩沒有從容描繪的空間，必須抓住事象的精神核心，作精要的言說，是以語字簡潔，意象單純集中，語境自然渾成一體，皆為創作的指標。莫渝的不少短詩，深得此中三昧。如，〈廣島之痛〉：

老美記住黑色十二月七日的哀痛
日本記住黑色八月六日的毒焰

失憶症的大家僅僅抓牢自己的苦難
嚷稱是上帝的棄民

卻努力爭取一口氣
　　要報復

　　努力丟垃圾似的把痛苦
　　拋給他人

精美八行，宛若唐代「律詩」。語法樸素幾乎剩下主詞和動詞，沒有一個暗示的、歧義的意象語字，而第六句「要報復」寫盡強國政府的醜惡心態，末句「拋給他人」更刻劃了第一世界國家的嘴臉。這首詩的語言，已掌握到語淺意深的妙境。此類語言成功之作，還有〈繡蝕的硬幣〉道出情愛綿綿，〈流亡者〉寫出漂木人物的生命無奈等多首，在簡短的語言中寫出了豐富的情思，均是不可多得的雋品。

　　（二）表現：表現是驅遣語言的手法，是運用語言來建構詩之意境的創美活動。當詩人對客觀事象產生了審美體驗，憑藉語言的符號予以固定進而形象化，這就是表現的範疇。表現的良窳，在於語言的創造、組織、鎔裁等多重創美活動的有機結合，不能執一偏廢而妨礙了詩歌整體之美的創造。在一首詩中，炫弄奇特的意像詞彙，舖敘恣肆的排比語句，突出了部分優勢而破壞了全部勻稱的建構，是露才揚己不懂節制的毛病。在《第一道曙光》中，莫渝很懂得節制，我們很少看到詩中有跛指橫生的現象，多的是適度的有機性建構。如〈素菊園的追思〉：

白天　我們用
一支素菊一支素菊　手持
一支素菊一支素菊　追思

白天　我們踏尋原路
緩緩前行
讓時間走得慢些
讓那些亡魂的臉容清晰些
路面鋪了又鋪，改變不少
您們記得嗎？
街道一再易容
您們熟悉嗎？

到了夜晚　我們用
一支白燭一支白燭　插立
一支白燭一支白燭　追思

這首詩，在宛如國殤般哀愁的氛圍中展開。主題在中間一節，
隨大提琴的旋律前進，我們「清晰」看到那些亡魂高貴的臉
容，不必問，他們是誰？為何而亡？讀到「路面鋪了又鋪」，
「街道一再易容」，就知道他們是某種道路的開拓者和犧牲
者。如今，「改變不少」，應是這些開拓者犧牲者的功業。而
「您們記得嗎？」，「您們熟悉嗎？」兩句話，蘊藉了多少弔
古傷今的哀愁！

這首詩，沒有突出的奇特意象詞彙，而每一行平淡從容的句子，句句都含著飽滿的意象。在句法組織的嚴密和鎔裁的適度上，確也做到無一字冗贅的有機性結構。我們還得注意，首尾兩節的「排比」句法和隔離式「複疊」句型，既是巧妙策劃，又是和中間一節自由體式的句型對照，顯示了詩人創造美的匠心。

（三）意境：意境是一首詩的靈魂。詩無意境，縱使語言瑰美意象奇特，猶如木偶披著彩衣，有什麼看頭？

詩有意境，自然產生高調，自然塑造風格，不會落入俗濫的老套。《第一道曙光》中，我看到，莫渝的詩歌藝術工程，著重於「意境」的創造，而把詩歌技巧的其他次元素，置於第二義的位置。這實在是作為詩人最可貴的自覺和最智慧的抉擇。我們以相關題材來取樣，抽出三首詩作些考察。

首先來讀〈越境〉：

　　詭譎的天色凝聚檢察站上空
　　各方人馬臉譜緊繃
　　穿軍服的男女官員不苟言笑

　　時間僵止
　　時間流逝

　　走出邊境
　　雨停了
　　小蝴蝶在路邊草叢飛舞

> 沒有國籍的浮雲，更早一步
>
> 越境，等候我們
>
> 繼續前程

詩描述的，是旅人經過國家邊境檢查站，檢驗身份證照而後過關出境的事。這種事，在邊境天天發生，人人習而不察。詩人卻掌握了這種平凡的細事，發出了對國家與國家間，劃出邊界線來囚禁人民思想自由活動的愚行，作出抗議。

　　詩題不叫過境或出境而叫「越」境，隱含超越禁戒邊線之意。首節，把天色的詭譎和檢查站官員臉色並舉，顯出旅人心頭的沉重壓力感覺。二節，刪去敘述，以「僵止」和「流逝」表示檢查過程由嚴肅而轉順暢的流程。三節，走出邊境，「雨停」天晴，「小蝴蝶」也自由飛舞起來。末節，浮雲「沒有國籍」得以自由早走，人「有國籍」便背著枷鎖。那麼，所謂「國家」制度，往深層看，不外乎是政治統制者行使管制人民的機器而已；一切漂亮的口號，不外乎是一種欺騙術式的魔咒！平民百姓在「國家」的魔咒下，甘於不如一隻蝴蝶一朵浮雲般自由的生活，大可悲哀。

　　這首〈越境〉表達給我如此的意境。

　　其次，再讀一首〈紫檀心事〉：

> 旺盛的活力將我們推向最頂端
>
> 與陽光交融
>
> 逼使青天不敢低視

算不得傲笑
我們散發溫暖的黃色
耀眼卻柔和

濕潤溫熱的土壤，很快地
包容初始流落異鄉的濃烈愁緒
根部深埋，留存感動
喜臉迎春

我們是外籍新娘
落地求安

這是一首描寫外籍（東南亞）及嫁來台灣的所謂「外籍新娘」的詩，應該是台灣詩壇同類題材詩中的優秀作品。

紫檀，是熱帶雨林特有的高大而珍貴的喬木，以之作為「外籍新娘」的象徵。詩前兩節讚頌其品德習性。第三節寫台灣善良人民的接納而「喜」臉迎春。末節點出落地求安的低微心願。

人，這種動物，是大自然各種動物中一個高等的門類。所謂「天賦人權」，人和人本是生而平等的。可是，思想家的高瞻總敵不過政客們的姻謀和挑撥；於是，在世界各地，常有以族群名義發起的鬥爭、衝突和戰爭。其實，不論什麼地方，廣大的人民都是善良而和平的族類。

這首〈紫檀心事〉表達給我如此的意境。

最後，讀一首〈蒙古包〉：

　　拉下穹蒼，天地縮小了
　　牢牢牽繫最溫馨的親情與愛戀

　　踏出門檻，心懷宇宙
　　空間無限擴大
　　日與月，永遠的長明燈

這首詩，兩節，五行，連主詞也略去，更像古詩「絕句」般精鍊；卻把蒙古族一般平頭百姓無拘無束的生存方式寫活了。人，本該堅守親情與愛戀，本應該心懷宇宙和日月，自由度過屬於自己的一生。那日子，才叫幸福。所謂國家、民族、政治、法律等等，枷鎖而已。

　　這首〈蒙古包〉表達給我如此的意境。

　　從接受美學的角度來看，我的「鑑賞思維」和詩人的「創作思維」可能有些落差。我相信，在審美體驗上，彼此應該有不小面積的重疊。

　　《第一道曙光》包含諸多題材的詩，詩的意境也呈現諸多面貌。如〈傀儡戲〉，「有99.9%的自由」可以任意胡作非為，可是，「只不過偷偷把0.1%的自由／讓渡給背後的藏鏡人」，一切便「天知地知」；〈喧譁過後〉那些搞街頭運動的政客，只是「無聊的街頭藝人」，「擠，我們在儲存能量／臉，木然的」十分無奈；此類對現實政治的諷刺，也涵容著悲憫的意境。如〈安息〉、〈死亡書〉、〈鏽蝕的硬幣〉等書寫情愛的詩，「戀情多長／寵愛就多久」，構成溫暖的意境。如〈戰爭

紀念館〉、〈戰爭紀念館的遐思〉、〈遠方有戰爭〉、〈廣島之愛〉等有感於政客不仁以人民為芻狗的反戰詩，提出了戰爭「成就英雄的名號　成就戰場的壯烈／／庶民不見了」，「和平，仍是我們堅持的夢／愛，依舊要繼續散播」，描繪出廣大人民善良的意境。此外，寫景詩、詠物詩、抒情詩、哲理詩等的題材不同，意境也異。但莫渝詩的意境有其獨特的風格：無論喜、怒、哀、樂，都在含蓄的語言和節制的表現中，展露一種溫暖的關懷和細柔的哀愁。

　　這是《第一道曙光》所創造的詩歌藝術：精鍊、含蓄，猶如浮動的暗香，清雅情味醉人。香啊！淡淡的。

D、詩　蕊

　　詩蕊，淡淡的詩蕊。

　　這句話是我對《第一道曙光》的作品，給予讚賞的結語。

　　我的讚賞結語，並非意味著這集詩的每首作品都很成功。事實是，在絕大部分耐讀的令人吟味的美好作品之外，還有少數的詩，語言尚有瑕疵，表現不夠完整。如，〈到遠方〉：

　　　　我到遠方
　　　　讓鐵軌拉長距離
　　　　在回憶古早味的火車餐盒
　　　　加添一味，慢慢咀嚼

　　　　我到遠方
　　　　看守暖和的天空

不讓絮雲繼續遠揚
攜回一小片就夠裹身

在遠方
讓有陽光的天空
清除潮霉陰霾

「到遠方」去，有一種出征的意味，可以是「尋索理想」的隱喻。這是個很好的題材。詩的第一節，第二行和第四行，意象活鮮地把依依離情托出來，幾乎可以伸手撫摸般生動。第二節的意涵模糊，遠方的天空既然暖和，何須前去看守？而三、四行，詞句巧妙，語意含混，虛浮而無意義。末節的三行，並無新境，卻有匆匆結束尷尬局面的感覺。可以說，〈到遠方〉是一首好題材而寫得不好的詩。此外，有的詩，屬於淺薄的隨感，並無深意。如，〈手提SK II紙袋的白髮老先生〉、〈童年的河流〉等。諸如此類的詩，集子裡約有十來首。如同一鍋米飯裡摻了幾粒砂子，咀嚼著讓人牙磣。再者，這是一本以短詩為基本的集子。集子裡，有些稍長的詩，寫得很好。如，〈天馬家族〉、〈誰說樹葉沒有千姿百態？〉等。不過，敘事性的長詩，結構上既要嚴謹又要靈活，在這方面詩人還有可以向上提升的空間。即使如此，莫渝，能在不適合純正詩歌滋長的情境中，寫出這樣一本有思想風骨和藝術造詣的詩集，我仍然要熱情呼喚：

看啊！《第一道曙光》，欣欣綻放一集淡淡的詩蕊。

——2007.3.4 深夜於新店山居

靜默的素描者

——序莫渝詩集《第一道曙光》

黃美娥

　　詩人莫渝近日出版新詩集《第一道曙光》，這是繼二〇〇五年苗栗縣文化局編印的《莫渝詩集》之後的新作，集中蒐羅了二〇〇五年至二〇〇六的心血結晶，數量可觀，共計一百五十二首。據莫渝自述，集中所錄其實是日記詩、詩日記的型態，而藉由集中內容，可以瞭解台灣政治問題、生命死亡問題、異國旅行書寫、自然景物的詠歎，應是作者兩年來最為關注的焦點。我在閱讀莫渝幾近生命實錄的新著時，一邊回想起十餘年來投身台灣文學研究、教學的歲月心境，發現自己在面對一些筆耕不輟的作家們時，越來越有一種難以言喻的敬意，他們將畢生心力無怨無悔奉獻給文學的毅力與決心，令人感動良久，而詩人莫渝自是其中之一。自一九六四年寫下第一首生命詩篇後，他便以一種虔誠、謙遜的身影，篤定而穩健地走著詩歌朝聖之路，迄今已歷經了悠悠漫漫的三十餘載。

　　三十年，足以讓青絲變白髮，滄海成桑田，然而除卻六〇年代年少時曾經耽溺於象徵主義的唯美浪漫外，莫渝的詩始終是以白描手法為其特色，簡省而不設色的筆法，使得其詩彷若一幅簡單的素描。他顯然不愛戀炫目奇詭的意象，因為太奪目的光彩反而會遮蔽質樸的心靈悸動；他也不以濃烈高亢的情緒經營詩中文字，因為與對象物保持適度的距離可以觀察得更真

實，其中的例外是在彰顯台灣主體意識時，詩歌才變得昂揚、激動起來。如收入新詩集中的〈九月台北海嘯〉組詩，莫渝譴責二〇〇六年台北「紅衫軍」的「倒扁」行動，他選用了海藻吸取海水氧氣，卻排出有毒物質的「紅潮」意象，傳達「潮聲不斷／海，卻見不到」的戚戚惶惶；他甚至在〈紅潮聚落〉中，直言紅潮是越攪越濃，黏靠滯留於浴室一角的「邪惡」泡沫，在台灣的政治漩渦中嘲嘯、掙扎，最終將會「滅頂」。

而多數的時刻，莫渝不慍不火書寫人間萬象，這也正是新詩集《第一道曙光》與過去創作相近的基調。他在再現某一種事件或情境時，多半不介入、干擾過多，只是徐徐然讓事物本身說話，或者有時更是冷靜、理性的觀看著世間一切，進而創造出一個比當下真實世界更為理想的世界。如〈我們只過單純的生活〉一詩，莫渝如是說：

　　我們的房間
　　很小

　　開門
　　就是稻田

　　稻田
　　有時荒涼　有時翠綠

　　稻田黃熟
　　就得忙碌一陣子

我們只過單純的生活
繞繞圳溝，看看田園
忙的時候，汗拼命流

一點點微小的驚奇
夠我們喜悅一整天

田，我們望了一輩子
一輩子就像一整天的喜悅

農人的生活會是怎樣的光景？他們的人生觀如何？莫渝用農夫
與稻田相依存的關係展開思索。詩歌起始「我們的房間很小，
開門就是稻田」便隱含多重意涵，農夫的房間很小，意味著財
力的不足，但「開門便是稻田」固然指出農夫耕田維生，卻也
延展了無比遼闊的空間想像，於是人生便精彩起來。精彩，是
由單純釀造出來的，是隨著稻田荒涼、翠綠、黃熟而日復一日
的忙碌堆積而成，因為「習慣」於是「單純」，雖有著一絲認
命，但「汗拼命流」更有著不摻雜念的純粹喜悅、興奮與豪
邁，因此即使是看望了一輩子的田地，也是天天開心而滿足自
適；甚且如詩題「只過」二字暗示了主體選擇與能動性，誰說
農夫要哀怨過一輩子呢？作者肯定了農人的單純生活與單純人
生，因此在他的意念下，農夫與稻田的故事如此恬淨而美好！

其次，莫渝在不慍不火的書寫筆調之外，他對語言的選
用，則出現了越來越多散文口吻的表白，彷彿要將心底的話一

股腦兒不矯飾的說出，不特重精雕細琢，卻有平易淡然的真誠拙趣。平易淡然，使其詩在閱讀當下的剎那不夠搶眼，但玩味既久，便能體會詩歌的世界毫無衿躁焦鬱之音，所以讀來別有一種不急不迫的餘裕感。而在閱讀莫渝詩作的同時，讓我進一步思考了大象無形、大音希聲的語言質感問題，並且同時深刻感受到莫渝詩中有種「靜默」的美感。

「靜默」的美感，緣何而生？是因為詩人本身便是寡言的靜默者？或是簡省的素描筆法所致？個人以為，莫渝詩歌的「靜默」美感，更與詩歌情感境界的營造密切攸關。雖然在《第一道曙光》的新詩集中，可以發現〈澆花者心語〉、〈香〉、〈處決異類份子〉、〈鍊或鏈〉、〈兇手〉、〈「兇」手〉、〈長腳蜘蛛〉……等以詼諧幽默或嘲諷戲謔的方式，批判人間世及政治現實的作品，但莫渝詩歌的靈光，更令人矚目的是，如同早年著名作品〈苦竹〉一般，乃得自於那些迭經作者心理情緒再沉澱、再提煉後，進而對生命別有體悟的溫潤情懷與明澈心思。

究竟世事的滋味要如何品嚐與面對？形形色色的際遇，使莫渝在滌蕩洗淨酸甜苦辣的慾念後，他選擇了寬大、溫暖、沉穩與堅毅的態度迴向人間，從容解答生命的各式功課，這使其詩在平淡中有種「定」與「靜」的力道。二○○四年底，作者剛離開職場，詩集中的〈路〉與〈廣闊的地面〉，似乎有著當時的徬徨意緒，但詩歌中沒有喧囂、抗議、憤懣或苦惱，他瞭解「走了許多路／雙腳還未離開地面／還是要繼續在路上／走」、「還收留已經無喜無憂的／你／最後的安息」，人生之「路」不管如何還是要、也會走下去；一旦想及此點，安頓感

與安全感也就油然而生。更何況，誠如〈廣闊的地面〉所述，在廣闊的地面上，不管是有目的或無目的的走，「還算佔據一席空間／還活著，可以／吐納自由的空氣」。原來，生命的鬥志，不必然要吶喊、叫嚷或怒吼，靜默之姿同樣宣示了「我」的存在，旁人一樣不能予以漠視。所以，莫渝的「靜默」絕非消極，他在〈第一道曙光〉中充滿信心地說：「不論第一道曙光出現何方／它，都會透過厚重雲層／直抵我心／明亮我心」，展現了定見與信心。

　　不過生命中最難應對的，不只是生時的困境，還有周遭人們消逝時的傷感，乃至自我也終將會走向生命盡頭的惘惘威脅。二○○五年至二○○六年，莫渝對死亡問題的思索，顯然感觸良多，所以新詩集中此類書寫不少，其中的情緒固然有著不捨感傷與繾綣憶念，但多半不是淹沒在恐懼焦慮中，反倒有著一片理性的清明。詩人至少寫下了〈死亡書〉、〈安息〉、〈位子〉、〈玉玲！妳，慢慢走〉、〈誰說樹葉沒有千姿百態？〉、〈遭土石包裹沖流的女孩〉、〈詩人獨行——送葉笛〉、〈枯木墳園〉、〈出遠門——送浪漫主義詩人葉笛〉、〈永恆的槍響——致畫家陳澄波〉、〈秋光召魂曲——送唯美詩人胡品清〉……等作。而在相關「死亡」議題的書寫中，莫渝採用複調寫法，他以〈位子〉詩告曉那些汲汲營營，陷落在你爭我奪漩渦中的人們，別忽略「該預留一塊墓穴位子／體恤自己的辛勞」，因為體悟了一切的競爭淘汰無非循環，終究成空，那麼人生的勾心鬥角有何意義呢？但，相對地，既然作為生者，則人之生便不能不善盡心力，〈誰說樹葉沒有千姿百態？〉寫道：「即使飄墜／仍以最委婉美妙的旋姿／諭知獨一

生命最不願意的遲暮」，他強調生者即使在生命的最後一刻，都當竭盡所能展現生之歡愉與生命本質的意義與價值，而死時的姿態更有其尊嚴性。

然而，如果有那麼一天，當死亡之神降臨時，又當如何？詩人在〈死亡書〉中表示：

> 花謝了
> 葉子掉了
> 時序更替了
>
> 捻熄燭光
> 許多相識的、不識的，都陸續離開
>
> 不待酒杯空乾
> 我一樣坦然走開
> 與你遠離

莫渝暗示要學會坦然放下、瀟灑離開的「活著」哲學，他期許著大家都能寫下一份不拖泥帶水、牽腸掛肚的「死亡書」。因為，他以為死亡門檻的跨入，其實就像〈安息〉詩中所謂的「闔上眼瞼／只不過換個休息姿勢」，那僅僅是身體美學的生死轉換而已；更何況，「遠離」也不是茫茫兩不知的陰陽兩隔，〈安息〉詩中「春水會將墳土濡濕／那是我的不捨／回來通知感傷的你」，無寧認為死後有知，情緣長存。所以，在另一首〈枯木墳園〉詩中，顯現的也是樂觀的情緒，他說：「此

地／躺著我們的兄弟／大家聚此／重溫綠蔭夢」，「我們慶幸／找到我們的休息處」，「慶幸」二字翻轉了人對死亡的未知、害怕想像，代之而起的是歡然相迎的氣魄。

透過上述，可以清楚洞悉作為詩日記的《第一道曙光》，已然流露了莫渝的人生觀感與處世態度，而這本集結兩年作品的新詩集，其實較諸過往憑添了幾許滄桑感。他在〈不墜的落葉〉、〈迎曦〉、〈落日〉、〈蝴蝶單飛〉、〈鳥單飛〉……等詩中，以自然界事物的現象，訴說著人的生命興滅的自然律動，不管是〈鳥單飛〉中：「人／常常獨行／遊蕩流浪，都一樣／上班奔波也是／嘆氣會有，日曆照撕／工作照做／雙腳不動了／由安靜的泥土一口吞入」，或〈迎曦〉所見的「不論垂釣或懸掛／儘管冬去春來／新生的陽光永遠在前方／看待我們」，或〈落日〉：「再怎麼不捨，再怎麼想停留／通紅的夕陽，依然／要下沉」；原來，所謂生與死，沒有什麼驚天動地的旋律，不過就是自然界的自然循環演奏而已。那麼，回首過往的人生路，或許就如〈蝴蝶單飛〉描述一般：「沒有快樂／沒有不快樂／牠過著平凡的生活（我的感覺）」，我的感覺是蝴蝶的感覺，而芸芸眾生無非凡人，則凡人如我、如大家者流，又何嘗不如是呢？沒有快樂、沒有不快樂，這既是人生，也同樣是種境界，讀來頗有幾分蘇東坡「回首向來蕭瑟處，也無風雨也無情」、陶淵明「縱化大浪中，不喜亦不懼」一切釋然、了然的況味。

從一九六八年發行的第一本詩集《無語的春天》，到近作《第一道曙光》，莫渝三十年來的詩歌寫作生涯，就如兩本書名的相互映照，活力、熱情更盛從前，自信與篤定亦然。長久

以來，詩人的創作，沒有浮華氣息，只有虛心與誠摯；更難得的是，在歷經生命經驗的錘鍊後，昔日曾有過的淡淡憂傷，已成功轉化為一種不躁不迫的人生智慧，美得如此「靜默」，不予人壓迫感，曖曖內含光，而啟人無限。在現今歌頌華麗、特意喧嘩的年代裡，莫渝詩歌的滋味與力量，究竟會如一道曙光透過厚重雲層「直抵我心，明亮我心」？或是換來「無語」的等待？顯然這將不會是一個令人「靜默」的答案。

10個寫詩的理由

1. 寫詩是接受存在主義的理念，證明自己的存在。
2. 寫詩是自己有所感動，希望把感動傳染出去，讓感動在人間對流。
3. 寫詩是重演〈賣火柴的女孩〉的故事，持續點亮火柴，看見詩的天堂。
4. 寫詩是安頓自己浮動的情緒，避免波及周遭。
5. 寫詩是築繭的作業，封閉自己；能否留給他人保暖，無法預知。
6. 寫詩是立足現實主義，掃描人生百態。
7. 寫詩是批判惡質的社會現象，找回人類的良知。
8. 寫詩是一場浴火求生，不是隔岸觀火。
9. 寫詩是一場猶里西斯（奧德修斯）的海上歷險，期待在自己的土地靠岸。
10. 寫詩是一場戰鬥，以心血向歷史交換壽命。

輯一
自　由：寬廣的路（2005）

遠方有戰爭

一如往常的工作天
我們早起、用餐、看報
奔馳在囂鬧擁擠的上班路途
有些事件離我們很近
許多事件離我們很遠

　　遠方有戰爭
　　全副武裝的出征軍士走在沙暴中
　　進入風雨裡

　　遠方的城鎮
　　被轟炸的音響封鎖
　　四處竄流著恐慌的居民和
　　人群

　　遠方的戰爭
　　雙方軍士躲迷藏
　　沒有笑容，只有相向廝殺的呆目

　　螢光幕前
　　戰地記者語重心長地報導死傷慘重
　　軍士困疲，到處斷垣頹壁

五秒後，換個鏡頭
由豔舞取代

這一切，無損於我們的作息
一如往常的例假日
我們晏起，我們登山
我們的酒宴賓客滿席
熱鬧非凡

——2003.02. 未竟稿，2004.12.27.定稿
——刊登《文學台灣》58期夏季號，2006.04.15.

默　禱

無星的暗黑夜空下
一片闃靜
陳年與新春的縫隙間
閉眼合十默禱：

主啊！
祈願島嶼主體穩固
祈願災難減弱　浩劫不再
　　　（而非遠離）
祈願相愛的人恆常
祈願持續工作是生活的指標
祈願平和常駐我心
　　　　沉澱我心

　　　　　　　　　　　——2004.12.31.（五）

第一道曙光

趁夜晚
許多人紛紛摸黑趕至山巔海邊
帶著逐漸高亢的興奮與期盼
尋找最佳位置
爭睹光明

不論第一道曙光出現何方
它，都會透過厚重雲層
直抵我心
明亮我心

——2005.01.01.（六）
——刊登《臺灣現代詩》創刊號，2005.03.25.
——收進《2005年台灣詩選》（二魚文化），
    2006.02.
——收進《第九屆東亞詩書展》（漢日韓對照
    版）台中市文化局，2006.05.。

路

走了許多路
雙腳還是未離開地面
還是要繼續在路上
走

路，時寬時窄
你，時喜時憂

善改面顏的路
任你疼　任你踹
任你罵　任你躺臥

還收留已經無喜無憂的
你
最後的安息

——2005.01.01.（六）
——刊登《臺灣現代詩》創刊號，2005.03.25.

廣闊的地面

廣闊的地面上
我跟大家一樣活動
有目的無目的地
到處走走

還算佔據一席空間
還活著，可以
吐納自由的空氣

——2005.01.01.（六）
——刊登《臺灣現代詩》創刊號，2005.03.25.

雪

飄雪了，高山飄雪
心，跟著飛至遠方
與純白交融

難得的雪
飄落亞熱帶的國土上
吸引眾人欣喜興奮的眼神

純白的雪
將眾人的心融蝕在歡笑中

—— 2005.01.02.（日）

死亡書

花謝了
葉子掉了
時序更替了

捻熄燭光
許多相識的、不識的，都陸續離開

不待酒杯空乾
我一樣坦然走開
與你遠離

——2005.01.03.（一）
——刊登《台灣日報・19版・台灣副刊》，
　　2005.08.09.

安　息

闔上眼瞼
只不過換個休息姿勢

春水會將墳土濡濕
那是我的不捨
回來通知感傷的你

（有感於突發災難的亡故、青年作家的自殺，
及社會賢達、國政要人的種種凋零。）

—— 2005.01.03.（一）

完封的繭

究竟要花多久才能完封自己？

不曾記數時間如何流過
是秒秒分分
是刻刻時時
抑日日週週
還是月月季季？

也忘記算不算貪戀的紀錄
小口小口的咬嚙
點碎點碎的吞食
都是我的先前寫真
曾經贏得細嚼輕嚥美姿獎

等到
送出純淨無疵的鮮亮繭包
才猛然想起
有誰會細膩溫柔地拆卸滿腹的絲絲心事

　　——2005.01.06.（四）
　　——刊登《台灣日報・21版・台灣副刊》，
　　　　2005.08.27.
　　——刊登《乾坤》詩刊38期　春季號，2006.04.

位　子

這個位子
誰曾經溫熱過？
離開後
由誰續溫？

這個位子，留給誰
適合？

有限的位子
人人適合
人人把握機會
人人搶

末了，別忽略
該預留一塊墓穴位子
體恤自己的辛勞

——2005.01.06.（四）
——刊登《臺灣現代詩》創刊號，2005.03.25.

澆花者心語

晨昏兩次
固定
用專屬的塑膠容器
裝滿清水，靠近窗戶
拉開玻璃窗，再開紗窗
幾盆花露出微笑

馬櫻丹有點被強風吹斜了
將他扶正：「妳很漂亮。」
纏繞馬櫻丹的藤蔓要枯不枯的
「扯掉吧！但別弄疼了丹丹。」
灰白帶綠的芒草似乎有點感冒
「你要多喝一口水。」
細細的香椿
「不錯，不錯，散發香氣了。」
正紅的小辣椒增加了一蕊紅花
「噯！小可愛，喝點水。」
葉子密濃的小榕樹
「壯士！快快勇壯。」
當家的玫瑰花還是小小朵
比不上野地大朵紅
「唉！該多施些肥料，營養營養泥土。」

報紙的知識說：

養兒育女

照顧年邁長輩

不能只簡單提供物質了事

要三不五時噓寒問暖　閒聊話語

——2005.01.09.（日）

蝴蝶單飛

一隻蝴蝶突然出現
沒緣由地（我的直覺）飛過來
在玫瑰花頂盤旋三圈，接著
靠近小黃菊花　嗅了五秒鐘，再
飛到油麻菜籽花停了一分鐘
（正確一點，是不停低飛打轉）
蝴蝶飛遠了

單飛的蝴蝶
沒有快樂　沒有不快樂
牠過著平凡的生活
（我的感覺）

——2005.01.09.（日）
——刊登《臺灣現代詩》第二期，2005.06.

雪飄落台灣的土地上

雪飄落島嶼的高山上

起伏的山嶺

沒有寒意，人群簇擁過來

高山的遊客見證雪的笑容、純白與無私

雪飄落亞熱帶的國土上

溫熱的國土

孕育辛勤的勞動

亞熱帶的人民視雪為聖潔的鋪蓋物

在冬收季節埋種一粒希望

雪飄落台灣的土地上

珍貴的雪地　難得的畫幅

懸掛廳堂

永遠的家族記憶

——2005.01.10.（一）

—— 刊登《台灣日報‧19版‧台灣副刊》，
2005.08.09.

香

走進電梯
散發香氣的女人
沒有表情

眼睫　翹立烏黑金亮
兩頰　淡抹銀脆競彩
雙唇抿閉　不言不語
她的香　表達了什麼
她的心　傳說了什麼

從明鏡回映爍爍眸光的靈閃
是香的獨一色澤
清澄的湖水　誘人躍入的深淵

精巧的單只行動香水瓶
豔而冷
走進電梯散發香氣的女人

——2005.01.10.（一）
——刊登《臺灣現代詩》第二期，2005.06.

鍊或鏈

用金鍊子鏈腳的女人
不時端視鍊子的位置
東撥撥　西弄弄
每次的位子都適當
每次的位子都不適當

不願出門的女人
在被捆綁的腳踝
揉擦多種油質乳液

帶腳鍊的女人
自願被鏈綁
癡守忠實的愛？

很少出門的女人
在室內
練習腳的運動量
發響腳鍊子的微聲
只讓自己聽到

——2005.01.10.（一）
——刊登《臺灣現代詩》第二期，2005.06.

黃昏，路過舊居

黃昏，路過舊居
斑剝的記憶浮現了多少

外貌依舊
感覺卻微微異樣

偶爾
大人或小孩進進出出
略帶憨厚的笑意
存疑且陌生

沒有誰的回憶在重疊自己的記憶
只有寂寞的夕陽伴隨孤冷的人影，和
逐漸轉黑一直沉的屋宇

——2005.01.16.（日）
——刊登《台灣現代詩》第五期，2006.03.25.
——刊登《秋水》詩刊第130期，2006.07.

玉玲！妳，慢慢走

那一天
眼看著妳單獨離開
　（詩集《月亮的河流》是否隨身帶著？）
我們都知道
妳沒有停下腳步　休息
妳會繼續在寫詩的路上
在台灣文學的研究上
向前走

還
不時回頭
朝我們揮揮手

我們都知道
偶爾　妳才停下來
不是因為腿酸氣喘
妳在等兩個心肝寶貝

我們都知道　妳在另一地方
繼續寫孤獨的詩篇
繼續關心剛起步的台灣文學研究
不時，還回頭

朝我們微微笑

妳沒有停下腳步　休息
玉玲！妳，走慢一點，但是
請妳別再回頭招呼我們

妳一回頭，一揮手
我們更心疼　更不捨
珠淚
就　直直落

──2005.01.15.（六）

石　室

> 要是我有食慾，也只能
> 嚐嚐泥土和石頭。
> 我的午餐總是空氣，
> 岩石，煤，鐵。
> ——韓波：〈饑餓〉，《在地獄裡一季》。

孤寂黑暗的石室裡
誰為我點燈？
我如何將心思化為詩句？
如何將詩句寫成文字？

石頭不說話
封閉的舌頭　緊密的語言

毫無一絲微光的石室裡
空氣凝結
如何敲開石頭
讓他說話又聽話？

冰冷的泥土氣息穿透赤腳底
直上腦部
我保持一直僵立的姿勢
無眼無言

——2005.01.18.（二）

臨　窗

坐在朝北的臨窗案桌
我靜靜
埋首喜愛的工作
不知多久了

不知多久了
我抬頭
轉向白亮的遠方
觸及隱微的墨綠山稜
再收回視線

這時
不動的軀殼透明成一片玻璃
無礙陽光的貫穿
在室內瀰漫均勻的溫度與
無私的愛

——2005.01.20.（四）
——刊登《台灣現代詩》第四期，2005.12.25.

牆 封

封閉的兩牆之間
一具僵立的屍體密封住
不得躺臥的幽怨
化作無形冤氣
飄出牆外
懾服黑貓綠色眸光的同情

封閉的兩牆之間
一個活人艱苦地生存著
依賴親情與精神的長期支撐
被牆封的活人
堅持熬煉　走出封牆
活了過來

走出封牆
一個活人獲得重生
衝破神話，登上戲劇
光影、氣味、溫度……跟著新鮮
疾病、親情、堅持……跟著傳播
自由、平等、博愛……跟著重現

不知道的地方，仍有

封閉的兩牆之間
珍本古籍沉悶地生存著
無風無雨的乾燥
揉毀不了它的存在，也
無從證明存在的意義與價值
正義必需長期寒蟬般噤語失聲
等待破牆

—2005.01.24.（一）

戀物或戀人

都會的漫遊者，你
戀物或戀人？

身外之物，自由添加
全心的愛戀
用金錢購物，順手藏物
滿足於擁有
竊喜於佔領多處軍事禁區

到處走動的人，貼心之人
如何購？如何偷呢？
又如何全心地愛戀呢？

—— 2005.01.22.（六）

月　影
——題黃瑞元雕塑：月　影

這麼沉重的身軀
讓誰馱負？

足以掀動美麗潮汐的美麗身影
藉哪雙巧手的幻化之力
順利轉型？

明亮在上
暗影在下
能否進一步丈量出兩者的比例？
究竟是誰的巧手刻意安排？

原來在夜空挪移蓮步的美麗仙子
謫降凡間，異形地
接受人言的嘲諷

原來野性豪放的狩獵女神自願
化身馱獸，堅毅地
承擔現實的折騰

註：希臘神話裡，阿特米絲（Artemis，羅馬神
　　話名黛安娜Diana）是三位一體的女神：在
　　天空，是月神沙崙（Selene）；在地面，是
　　狩獵女神阿特米絲；在冥府，名為赫卡特
　　（Hecate），主宰黑暗與死亡。

——2005.01.25.（二）
——收進《2005年木雕藝術創作采風展
　　——雕塑與詩的對話——作品集》2005.04.

慾望之旅
——題蔡志賢雕塑：慾望的旅程

無止盡的慾望朝奔何方？

猙獰突兀的勁力
彷彿暴雨氾濫
流竄荒野
任意旋轉即可覓得歸屬

追日的夸父渴死水邊
脫困飛往高天的伊卡羅爾折翼墜海
巴別塔一樣無法通天
遠遊四海的高僧
回到古剎圓寂

無止盡的慾望旅程終於鎖定原點
僵立成入定的老僧

——2005.01.27.（四）
—— 收進《2005年木雕藝術創作采風展
——雕塑與詩的對話—— 作品集》，2005.04.

繡蝕的硬幣

一枚異國硬幣珍藏了
多久？
戀情多長
寵愛就多久！

一直惦記這枚硬幣
永存原樣　永留記憶
不輕易取拿

細心解卸未曾動過的
包覆小絨布
赫然
硬幣圓周齒紋已蒙上一層
薄薄灰綠，漸漸繡蝕到
正面浮雕的教堂建築

歲月的無形手
既偷偷磨折戀人的容顏
也悄悄侵襲信物
永恆為何者？一視同仁！

硬幣猶在
硬幣邊緣的斑駁
深濃情愛與記憶的密度

——2005.01.28.（五）
——刊登《文學台灣》54期夏季號，2005.04.15.

荊棘路

觸目驚心的坎坷路

許多人推遠距離
表面關心地睜大眼睛
隔層玻璃觀望
觀望
僅僅四歲的無依小女孩
如何獨自跌跌撞撞
顛顛簸簸
像園內剛出生站不穩的小動物

誰扶她一把？

她是父母的親生女
她不被寵溺摟抱
她是社會邊緣的小小份子
她應該遭受白眼
她是路旁不知名的小花
她不需特殊呵護
她無知地來到人間
她無言地回去

佈滿荊棘的坎坷路
為何只讓無依的小女孩獨行
僅僅四歲　僅僅四歲而已

——2005.01.30.（日）
——刊登《文學台灣》54期夏季號，2005.04.15.

闢室取暖

都回來了，哈哈，都回來了
「呵！呵！很好！很好！」

都回來一起圍爐
火很旺，會更旺
這樣
大家都不覺得彼此蒼老
各自尋求柴火太煩瑣了
還用不著比較誰最蒼老

外界，由年輕的
跟天寒地凍爭鬥！

　　　　　　　——2005.02.07.（一）
　　　　　　　——刊登《文學台灣》55期秋季號，2005.07.15.

一顆淚珠

鬱結多少委屈和心事凝積而成？

停佇左眼角外側
扁扁的，黃濁的
一顆淚珠
該乾而未乾
濕涼涼的

怕被瞧見
微微轉身
順手一抹的動作
仿若撥彈輕塵小屑

頓時
我的視覺模糊起來

無法道說什麼的一顆淚珠
晶亮出彼此掩飾的許多情事

——2005.03.09.
——刊登《文學台灣》55期秋季號，2005.07.15.

斑駁的鐵橋

廢棄的鐵橋
任大自然風蝕、斑駁

遲暮的老人
在醫院裡退縮、凋萎

才紅遍西天的晚霞
因夕陽迅快掉落
一下子
全黯淡下來

大家等哪一家的燈盞捻亮

　　　　　——2005.03.10.
　　　　　——刊登《文學台灣》55期秋季號，2005.07.15.

在醫院與養護院之間

室內一樣有床有電視機
這是我睡過的床？
我熟悉的家？

什麼時候回看自己的家
睡自己的床？
沒有暴風雨和土石流
咫尺路程依然遭截斷成迢迢

一吐唏噓
處處是床
處處為家

醫院是進入天堂的門檻
除了偶爾親友探視
我已經忘記俗世中家與床的印象

　　　　　——2005.03.13.
　　　　　——刊登《文學台灣》55期秋季號，2005.07.15.

流亡者

流亡者的喜悅被拍成連續的的定格動畫
　　不斷重複出現在電視台影像的顯著鏡頭

流亡者的左右顧盼，流露不可一世的飛揚跋扈
　　那是隱在西山後落日的回光返照

流亡者是漂流木，被異鄉的土石流沖走
擱淺在無人島的沙灘

　　　　　　　──2005.05.03.
　　　　　　　──刊登《台灣日報・15版・台灣副刊》，
　　　　　　　　2005.05.15.

禮　物

王者天下
牠們都在轄區內

今天
你送我貓熊
我送你獼猴
一物換一物

握手言歡中
送者實惠
受者開心

沒有自主權的個體噤聲無語

君臨天下
他們都是轄區內

改天
你送我東山島
我送你台灣島
島嶼換島嶼

摟抱笑談中
送者開心
受者實惠

有自主權的實體為何不發聲！

——2005.05.05.
——刊登《台灣日報·15版·台灣副刊》，
2005.05.15.

傀儡戲

我有99.9％的自由
家住小小豪宅
一連隊的扈衛隨侍

我最喜歡自由行動
愛上哪兒就上哪兒
想說什麼話就說什麼話
誰人能相比？
我享有99.9％的自由
我可以任意將power大小寫

我只不過偷偷把0.1%的自由
讓渡給背後的藏鏡人
大家都不知道
哈哈
天知地知
只有你知我知

──2005.05.09.
──刊登《台灣日報‧15版‧台灣副刊》，
2005.05.15.

處決異類份子

王者天下
異族異類
都是當然的非我份子
必死

浴室的燈打亮
一隻小小蜘蛛匆忙奔逃

牠為何出現？
何時自已長大？
外來種？
亦本區土產？

小小空間是我的王國
非我族類
豈可私闖禁地！
猖狂之輩豈能容許！

　　　　　　——2005.05.16.
　　　　　　——刊登《文學台灣》57期春季號，2006.01.15.

兇　手

踩死一隻活潑亂跳的蟑螂
你是兇手

燙傷一隻無冤無仇的郭蝸牛
你是兇手

壓死一隻不相干的
你是兇手

打死一隻囂張的蚊子
你是兇手

捏死一群覓食的螞蟻
你是兇手

殺死一頭豬
你是屠夫

我不是兇手
我是……

——2005.05.16.

邊境小鎮
——施蟄存〈將軍底頭〉讀後

多重思考後
我要如何歸屬
如何安頓34歲的身份與情欲？
定案？一笑置之

大唐的將軍　吐蕃的後裔
我用兩個腦袋
約束軍隊
約束不了情欲萌生時的作祟

沒有權勢
戀曲如何譜寫？
無頭，稱得上將軍？
無頭，如何奔向心戀的女子表白？

權勢喪失，不算什麼
連河邊浣衣的伊，都冷冷吐出狠話：
「還要洗什麼呢？」
不如
倒地飲泣自裁

　　　　　　　　——2005.05.30.
　　　　　　　　——刊登《笠》詩刊253期，2006.06.15.

「兇」手

前一分鐘
用右手隔著衛生紙將一隻攀爬廚房牆壁的蟑螂
輕易揉死

後一分鐘
用相同一隻手將洗好削過外皮的水梨送往嘴裡
讓牙齒咬嚼

——2005.06.28.
——刊登《文學台灣》57期春季號，2006.01.15.

貝葉墨條

誰忍心研磨這塊墨條呢？

老古的木匣內
安放一塊貝葉形墨條
多久了？
如何數算它的寂寞？

正面浮雕的經文字字清晰
多久前
是誰用心精製的？
他有所期待嗎？

流逝過多少無言語的歲月
流落過多少識與忽識的主人
匣子古舊了
墨條更為褐陳了
經文依然沉默

出現一位買主
擱置的地位，由路邊攤
移置案桌上層

也算珍藏？

——2005.06.26.
——刊登《台灣日報‧21版‧台灣副刊》，
2005.12.20.

夢幻草原
──追尋成吉思汗的馳騁之夢

00.　詩　前

　　時序進入七月，一顆心奔馳在蒼茫的蒙古高原。

　　高原有多高？海拔1500公尺或1600公尺，未在意數字，但，喜歡稱那塊大地為「夢幻草原」；我無從想像「高原」如何馳騁，倒是「草原」容許孕育憧憬與幻景。一本書《蒼茫草原的國度》，英譯名The Country of Boundless Pasture Land。Boundless（無邊無際）譯作：蒼茫，二者可否等義，猶待商榷；對「蒼茫」二字，直覺甘願耽溺。但，畢竟仍是蒼茫的夢幻草原。

　　蒙古諺語：「七月草是金，八月草是銀。」金銀，是寶；草，絕非草芥，同樣是寶。生活在四季如春海島之國的我，無從想像，將近一半國土是嚴寒與酷熱輪番的戈壁，且有半年的月平均溫處於攝氏零下，這樣的國度，對供養畜產的「草」，該有何等的期盼！

　　乾硬礫石沙漠的酷熱與廣瀚，是男人的奔放世界；
　　碧海波浪草原的青綠與無垠，是女人的溫柔天下。
　　穿越沙漠與草原，行吟豔陽下碧草間，蒙古國詩歌呈現力與美的和諧。

01.夢

穹蒼下
無邊無際的空間
夢最渾圓

尋夢？
逐水草之夢！
奔自我之夢！
追民族之夢！

02.幻

凱旋的festival、carnival或屠宰場
仰慕英雄
抑尋找滅族屠城的兇手？

踏查成吉思汗的足印
草原實幻之間
成就英雄的不朽

03.草

Walker部落　Flâneur族
不曾疲憊的隱形足
一直漫漫走
把無際的大地
草原起來　翠綠起來
蒼茫起來

04.原

原來是你
一匹不羈的野性草原
在自己的空間
奔放

來自環海島國的我
即將投入

草原，起伏不定
海原，波濤動盪

陸海原本同家
異地可尋共祖

05.夢中草原

一片浩瀚的綠原
孕育荒蕪的夢

無止的夢
在草原出現了萬馬嘶鳴奔騰

06.遙望北方

北方
究竟多北
應該核實查看

南方詩人
坐在春雨溫潤過的霧濛田埂
極力猜想沒有路徑的北方草原
如何不迷失

不知道北方詩人
會不會用心猜測南方有多南
如何描摩南方
寫出想念的詩篇？

07.峰巒與乳房

環繞四野
尖挺起伏的峰巒
是大地的乳房
源源不絕的汁液
滋潤戈壁與草原
培育豪邁開朗的民族

攤開寬大的裙擺
盤腿席坐
不怕碧翠綠草的扎刺
無視外界異樣的眼神
蒙古少婦掏出豐碩的乳房
摟緊親親的寶貝
餵哺

08.詩人哈達（Hadaa）的詩與酒
——仿詼諧調

工作坊內
詩人哈達專心寫詩譯詩印詩集
取藍天的華蓋，碧波的草皮
構築精緻詩屋

步出工作坊
庶民哈達推銷自己的詩他人的詩
推銷黏貼自家標籤的白酒

原來，工作坊邊一間密室裡
詩人哈達還慇慇懃懃照顧一匹隱形馬
抓擠詩奶的同時
調製馬奶成人飲人醉的瓊漿

09.飲馬奶酒（airag）

自釀瓊漿貴如金，此酒只應天上有；
禦寒壯膽添神力，勸君多飲馬奶酒。
　　　　　　——蒙古民歌

酒，當然大碗地喝
　　輪流喝，過癮
詩，必然揮灑地寫
　　自在寫，開心

汁液潔白
濃稠的酸澀，是草的青香
沁涼的甜味，是人的熱情

含在嘴裡
奶，悄悄發酵
酒，漸漸沉醉
詩，輕輕吟出

詩人，當飲馬奶酒
飲馬奶酒，當醉詩人之鄉

10.蒙古包

拉下穹蒼，天地縮小了
牢牢牽繫最溫馨的親情與愛戀

踏出門檻，心懷宇宙
空間無限擴大
日與月，永遠的長明燈

11.牛　角

「這裡曾是小戰場。
兩頭牛互鬥，
留下見證的一隻牛角。」

他們故意把一隻牛角遺放草地上
讓我驚奇地撿獲
他們還輕描淡寫地說
這是回歸大自然的方式

我默思
海納百川般的草原何等寬容
奔騰過、嘶喊過、屠殺過、溫愛過的
都沒留下任何痕跡
大汗的陵寢也在這片廣大國土的某一處
許久以來許多人遍尋不著
彷彿一切不曾發生過

將沾染泥土的這隻牛角
傾靠耳邊
偏偏聽得很清楚
這塊草原曾經移動過的生命

12.敖　包

全世界的人都在尋找信仰
都在自身之外尋找
心安

尋找一個定點當信仰
尋找一件物體當信仰
小石大礫都算祈福
都是虔誠信仰體

註：敖包（ovoo），其意為「堆」，蒙古族崇
　　拜和祭拜天地祭禮的圖騰；也是蒙古人信
　　仰的土地公，山川神祇的安身居所，兼寒
　　天雪地供辨識界標地標之用。在稜線、草
　　原或高而平坦的山地，處處可見，大都取
　　石塊堆疊，有時插立竹竿或柳條，綁纏藍
　　布條任其飄揚。崇拜和祭拜儀式，均順時
　　鐘繞三圈（參拜寺廟經輪同樣繞三圈），
　　以示虔誠。

13.天馬家族

遠遠的
我們看見牠們
自組家庭
自成一個愛的世界
幾個孩子親暱的圍繞媽媽
在暮色逐漸蒼茫的河谷邊
喝水、走動、昂首嘶鳴
無拘無束，輕鬆自在

牠們也看得到我們
隱隱中，應該聽到我們散開的聲響
微弱如風吹　如草動
不受驚嚇　沒有惶惑
無動於衷
無視我們的出現與存在

平靜的時光
空曠大地任其漫遊奔馳

自由
給出寬闊的野生空間
自由，就得

與天寒地凍炎暑酷熱的大自然

爭鬥抗禦

或融合

註：成吉思汗西征時，令西方人聞之喪膽蒙古
　　鐵騎的天馬（Takhi）大量耗損，甚而在
　　本國絕種。20世紀，獲荷蘭協助，培育成
　　功，在首都烏蘭巴托西邊100公里哈斯台
　　（Hustai）國家公園內特闢佔地五萬多公頃
　　（五百多平方公里）的「野馬生態區」，
　　供16家族約200匹野馬生存活動。

14.魚子醬

一顆顆圓滾的小晶鑽
一個個黑亮的小精靈

含入嘴裡
小小魚卵　小小生命
在體內游動
一如家鄉的物仔魚

15.尋找一條河

河
滔滔的　清澄的　蜿蜒的
日夜不停地呼喚英雄

英雄
策馬水邊，拉長嗓音
吟頌遼闊的鄉園　長流的細水
征戰奔放的豪勇　鐵蹄異國的風土

河，細帶狀纏綿群山
英雄，馳騁遠方，復回首家園
簡陋但溫馨的出生地
讓留佇的過客動容久久

蒼鷹盤旋英雄依戀的河水
河水日夜滔滔地呼喚英雄
聞名的鄂爾渾河
我們挨靠你
邊喝酒、吟詩、笑談
邊追想一代英豪的崛起

16.懷想一位詩人
——懷想1920年5月橫越戈壁的法國詩人外交官佩斯

詩人，滿心歡喜地啟程
朝不可知的荒漠邁進

僅有海市蜃樓誘引的大戈壁
何時聽得到神識般的駝鈴？
前方的酷熱或嚴寒，誰在抵擋？

「永恒，在沙漠上打呵欠」
帷帳內，詩人思索如何堆疊想像
橫越上空，發出巨響
告知「遠征」的捷報

午夜驟雨猛烈擊撞蒙古包布幕
等天亮了
我們都得依嚮導
開始新的行程

　　　　　　　　註：《遠征》（安納巴斯，Anabas）為佩斯
　　　　　　　　　　（Saint-John Perse, 1887～1975）橫越戈壁
　　　　　　　　　　後撰寫的散文詩集。

17.成吉思汗

奔騰的嘯聲從蒼狼湖畔響起
長青的草原延伸你的殺戮與嗜血
九尾大纛無可取代無所不在
你的封號迅速遠播

可怕的馬背異教徒席捲處
都引爆記記震撼寰宇的絕響
斑痕血淚全都
被無情的歲月沉澱湮沒拭淨

許多場所出現你的容顏
相同一張留鬚酡紅的容顏
萬古長新的容顏
懸掛的、立姿的、平面的、浮雕的
皮革品、銅鑄品、紙製品、瓷器等
許多人都認得你
平凡如我還是想接近你

拋離你的殘酷，淡忘你的冷血
留住你的雄風，歌唱你的豪邁
傳讚你
永世的流芳

來自草原的
終必回歸草原
陵寢就在無人尋得著之處
不被攪擾
英雄你才能安安靜靜地長眠

註：1. 蒙古蓋世英豪鐵木真（Temujin,
　　　 1162-1227），1206年建立蒙古帝國，
　　　 受封：成吉思汗（Chinggis Khaan），
　　　 意即：跟海洋同樣廣闊的領袖。
　　 2. 九尾大纛（另一譯名：九腳白旄大
　　　 旗），為帝國標誌，取白犛牛製成的
　　　 軍旗，蒙古人崇白愛九，象徵無所不
　　　 在，無可取代。
　　 3. 相對於西方的穆斯林、基督教，蒙古
　　　 人被歸入「異教徒」。

成吉思汗

──2005.07～09.
──以上17首刊登《笠》詩刊249期，2005.10.15.
──收進《戈壁與草原──台灣詩人的蒙古印象》
　　（李魁賢編，春暉出版社）2007.01.

長腳蜘蛛

一隻長腳蜘蛛在盥洗室裡爬行

行動便捷
牠肆無忌憚地攀爬磁磚牆壁
仍會摔落

牠還要攀爬
再摔落
轉往別處繼續
爬走
直到安全處
　　（不幸發生？）

——2005.08.03.
——刊登《文學台灣》57期春季號，2006.01.15.

廣島之痛

老美記住黑色十二月七日的哀痛
日本記住黑色八月六日的毒焰

失憶症的大家僅僅抓牢自己的苦難
嚷稱是上帝的棄民

卻努力爭取一口氣
要報復

努力丟垃圾似的把痛苦
拋給他人

——2005.08.06（六）
——刊登《文學台灣》56期冬季號，2005.12.15.

廣島之愛

六十年了
倖存的我們儘管活著
早成標本　原爆之災活標本
鐵的見證　世紀之難紀念碑

無辜的我們扛負前人的惡
忍住無盡扭曲的痛楚與恥辱
吞嚥無期徒刑的慘虐

兩萬多個日子
日日熬煉，內心熔爐的憤懣已經
鍛燒成沒有顏色的透明的
無怨

無怨，澄明了清晰了視線：
凌遲，我們獨自承受
和平，仍是我們堅持的夢
愛，依舊要繼續散播

我們施放鴿子
虔誠默禱
喚回永世的愛與和平

──2005.08.06（六）
──刊登《文學台灣》56期冬季號，2005.12.15.

蠱

都會的倥傯錯身之際
我悄悄施放我養的一隻蠱
由衣衫爬進肌膚鑽入你的心
你偷偷施放你養的一隻蠱
由衣衫爬進肌膚鑽入我的心

兩隻蠱不停地蠕動掙扭
不停地吐氣移位
直到相向對望
隔空嘶吼
撕咬

    ——2005.08.11.（七夕）
    ——刊登《笠》詩刊251期，2006.02.15.
     （舊稿刊登《台灣日報‧21版‧台灣副刊》，
     2005.12.20.）

不墜的落葉

秋天未來
葉子枯黃，仍要離開母體
不自主的飄落
飄揚

針葉穿結的密網
輕輕托住

已經往生的一片枯黃葉子
在渡與未渡之間
在遊移的天堂
落而未墜的留住
最後的容顏

—— 2005.08.24.（三）

智慧的種子（2帖）

芽（生活的智慧）

周遭混沌，一片烏黑
微粒的我們，依然
感受到彼此的呼息與溫度
即使壓迫持續
仍相互打氣、呼應與對流

再怎麼不起眼
我們總會掙脫黑暗
置身陽光中
吸納更多的自由
吸引大眾的眼光

—— 2005.08.27.（六）
——刊登《台灣現代詩》第五期，2006.03.25.

崢　嶸（未來的智慧）

不會睥睨
我們只是卓然傲立

不算領先
我們僅僅獨占鰲頭

不是出頭天
我們就是要脫穎而出

不懂猙獰
我們只想頭角崢嶸

　　　　　　——2005.08.28.（日）
　　　　　　——刊登《台灣現代詩》第五期，2006.03.25.

探視病床上的葉笛

聽說癌細胞偷襲了你

暫離酒氣，難免倦容
書詩未鬆手，不改爽朗
「沒什麼，活了七十好幾。」
語氣輕鬆反倒暗傷自家人

寫詩一甲子，喝酒一甲子
讀書一甲子
都在「火與海」繞圈子
都在生死場幌動
豈容小子癌細胞輕易得逞

並非小子。面臨大敵
擺脫之後
再浮它一大白
讀它一車子書
續編更多新詩

　　　　追記2005年8月27日《笠》年會後，與同仁從高雄至台
　　　　南成功大學附設醫院探視葉笛。「火與海」為葉笛詩集
　　　　名兼代表作，描繪戰火下陰影。

　　　　　　　——2005.09.01.
　　　　　　　——刊登《台灣日報・21版・台灣副刊》，
　　　　　　　　　2005.10.06.

山城詩籤（4帖）

斷　橋

蓊蔚蔥蘢的山景裡
簇擁著幾座並列的挺直紅磚橋墩
灰白山嵐不時飄浮，添加蒼涼
翠綠枝椏
究竟是侵占抑同情地進駐
延續生機
告知與自然契合的宿命

橋斷了，橋墩仍聳拔
碑銘式的挽留記憶
河消失了，流水斷源
魚藤蔓生拓纏
徒增稀微

尋美的旅人流連山區
憑弔殘缺
荒蕪中
隱約聽到蒸汽火車聲轟隆駛來

　　　　　　──2005.09.07.（三）
　　　　　　──刊登《台灣日報・21版・台灣副刊》，
　　　　　　　2005.12.03.

小小車站

容納許多的笑與愁
輕盈或倦怠
剛開進一列車
另列已朝反方向駛離

輪換另一群新面孔
是遊客，是歸人
青春的氣息，歡樂的容顏
散立站前階梯候車廳與月台

小小車站，凝聚浮世繪
吞吐著隨時啟程的瞻望和活力

————2005.09.07.（三）
————刊登《台灣日報‧21版‧台灣副刊》
2006.01.13.

飄　墜

連綿的山巒披罩素潔白衫
淡雅壯觀
繽紛的棧道，展顏笑迎

攜帶詩人的滿滿憧憬
我們趕赴期約

散發清香的雪天使，由枝梢
迴旋搖曳，緩緩降臨
在幸福人的心田停駐

期待的時節
伴隨美麗的飄墜
我們因動人的傳說悸顫不已

——2005.09.08.（四）
——刊登《台灣日報‧21版‧台灣副刊》，
　　2005.11.11.

春臨木雕城

霧濛濛的山間
一條神奇小路蠱惑著好奇心

來到這裡，見不到朽木
樹神化身眾神
貼近凡間
環顧溫馨的世情

群山中，霧鎖鄉園
四季如春的小小城堡
雕刀人聲譜寫最生動的交響曲

　　　　　　——2005.09.08.（四）
　　　　　　——刊登《台灣日報・21版・台灣副刊》，
　　　　　　　2006.02.06.
　　　　　　——以上4首刊登《笠》詩刊249期，2005.10.15.

（應苗栗縣工務旅遊局之邀，莫渝撰寫這組
詩，連同前輩羅浪的名詩〈山城〉，共五首，
採相思木片精製詩籤乙套，於「二〇〇五　三
義木雕國際藝術節」活動期間2005年10月1日至
10月23日，贈送參觀人士。）

鳥單飛

鳥
總是單飛
飛飛停停，都一樣
有目的無目的的飛
累了，不想再飛
隨處棲留

人
常常獨行
遊蕩流浪，都一樣
上班奔波也是
嘆氣會有，日曆照撕
工作照做
雙腳不動了
由安靜的泥土一口吞入

——2005.09.25.
——刊登《台灣日報‧21版‧台灣副刊》，
2006.05.16.

午後的流浪

初秋午後
溫熱的陽光在巷弄穿梭
樓影遮掩的片刻安靜
迅速被呼嘯的車聲帶遠

自助餐店隔鄰
門前正茁長的菩提樹
不經意地同時掉落三片葉子
一隻流浪狗咬玩數回後
悻悻走開

獨坐露天咖啡館
攪拌沉濁咖啡
流動街景在眼前浮泛
任冥思攜走高飛

遠方
波德萊爾東遊船隻停靠模里斯島
白族後裔貴婦熱情接待
遊學歸國的玄奘在廣瀚沙漠
心平氣定地驅趕負載佛經的駱駝隊
無人掛意駝鈴響否

遠方
嗜血的將領互相殘殺
無辜村民人頭落地
長列的火車廂裡
茫然的猶太人擁擠著
無知地被送往奧斯威辛死亡工廠

遠方
畫家高更離開大溪地回到巴黎妻子身邊
擁抱兩年的土著妻子黯然望海

遠方
高貴紳士衣著畢挺
侃侃而談軍援的國際合作
阿富汗的孩童躲在防空洞
認真讀書

遠方夢想不斷，讓人心儀又心傷

——2005.09.26.

誰說樹葉沒有千姿百態？

風隨葉顯　葉因風動
誰說樹葉沒有千姿百態？

風吹風止
自在的葉簇們閃爍自主的笑靨

月明風清
樹葉靜靜發光
輝映澄澈亮潔的心鏡
安靜的光
傳敘晶瑩沉默的智慧

風微動
輕鬆搖曳的葉子
掙出枝椏
是天鵝滑水的盈柔旋律
盪漾悶慌的周遭氛圍

勁風
葉子晃擺
彼此勾纏交錯揪扭
船難前奔惶衝撞的大騷亂

即使飄墜

仍以最委婉美妙的旋姿

諭知獨一生命最不願意的遲暮

誰說樹葉沒有千姿百態？

——2005.10.04.

——刊登《笠》詩刊250期，2005.12.15.

遭土石包裹沖流的女孩

發現時
她已變身為顏色黃濁的土俑
就差沒推進窯內熬燒
（誰會這麼狠心？）

雙手托抱
活現現的一具短小的新木乃伊
同樣出土
卻大傷眾人的心

原本活潑的鄰家女孩
圍繞親人碎步小跑受疼愛的純真稚童
被迫遠離家鄉
被迫供上暴洪祭壇的犧牲品
還慘遭土石包裹
還跟隨漂流木沖流數十里

她是
奉獻不仁天地的一尊小女神

—— 2005.10.08.
—— 刊登《文學台灣》57期春季號，2006.01.15.

一個人的公園

公園裡
人來人往
人聚人散
公園裡有時擠滿人
人多，流浪狗也湊熱鬧

獨坐石椅上
我是這裡的陌生人
我有不被注意的竊喜

－－2005.10.15（六）

雙頭火焰

火焰在兩端燃燒
像金色的蛇信

目盲的無意識閃動
帶嘲諷的侵略
逐漸萎縮
成一灘
蠟油

——2005.11.02.（三）
——刊登《笠》詩刊251期，2006.02.15.

喧譁過後

喧譁過後
大家都累了
暫時收起笑聲

我們是一夥
等待的街頭藝人
無聊的街頭藝人
沉潛的街頭藝人

靠緊些
擠，我們在儲存能量
臉，木然的
是即將重現歡顏的冥思

——2005.11.27.（日）
——刊登《國語日報・5版・少年版》，2006.2.21.

（美聯社拍攝）

長河・落日・圓

長　河

長年乾涸裸露的河床
不言不語
傳敘大自然的壯麗
反控人類的冷酷和卑劣

落　日

再怎麼不捨，再怎麼想停留
通紅的夕陽，依然
要下沉

圓

除了偶而山洪憤怒地
洩洩氣外

無所事事的乾河道
每天只期待

托住將落的渾圓夕陽
溫存片刻

——2005.11.30.（三）
——刊登《秋水》詩刊129期，2006.04.15.

夜　合

熱騰騰的夜晚
既陌生又熟識的對向路人
彼此讓薰香的黑禮服緊緊裹鏈

既纏綿又疏離的一個圓
天亮了，總要被陽光
切割成不留體痕的兩半

——22005.12.21
——刊登《笠》詩刊251期，2006.02.15.

銅像復活

修復之後
被拆毀的銅像
再度佔上國土
雄立廣場　傲視周遭
勇挺的騎馬英姿
直逼地平線

超過百歲的「偉人」
活了又死　死了又活
在人間反反覆覆

未及百歲的常人
臥病在床　反反覆覆
生不如死　生死由不得

常人一死百了
廣場的「偉人」
接受路人的尊崇或異樣眼神
不在乎鴿屎的停靠

缺乏美學的陶冶
排斥文化的深層教養

只信仰一個「偉人」
求「偉人」賜他生命生活

不是神
復活的銅像
繼續佔領土地
享受殿堂的禮遇
老廟祝忠誠的按時祀奉

　　　　　　——2005.12.25.
　　　　　　——刊登《文學台灣》58期夏季號，2006.04.15.

流浪漢

流浪漢很聰明

到處找家處處為家
覓得無風的騎樓邊一席長石椅
睡覺不用蓋被
寒冬裡又過了一夜
沒有噩夢

無需夢想
一樣有感覺的流浪漢
日子一樣過
大家的太陽一樣賜予微溫

——2005.12.28.（三）

輯二
傾聽自然（2006）

疆　界

走到疆界
你跟誰揮手？
誰跟你招手？

靜默
就是答案

飄逸的雲朵依然不改神情
任由或強或弱的風
推動

──2006.01.01.（日）

迎　曦

有人垂釣昨日的夕陽
有人懸掛明天的朝日

不論垂釣或懸掛
儘管冬去春來
新生的陽光永遠在前方
看待我們

——2006.01.02.（一）

羽　化

1

閴寂的黑暗中，我一直蠕動
誰在意橢圓形的環紋白色身軀？
我一無所知
不知能做什麼
且不由自主地一直扭轉軀體
什麼是外界？我不知道
我只能蠕動　只會蠕動

繭居的日子如何算計？
破繭而出，驚見新視界-

2.

閴寂的黑暗中，我只會蠕動
誰在意橢圓形的環紋白色身軀？
我只能蠕動
扭轉軀體也是不由自主
至於什麼是外界？一無所知

不停地蠕動
無從算計繭居的日子
直到羽化掙出

長期目盲
見得到自身的的顏彩嗎？

——2006.01.03.（二）

地板畫家的光環

人來人往的廣場
地板畫家展示才華
佔領一塊小空地
旁若無人地用彩色粉筆
繪製聖像
還眼瞄手揮地
排拒佇立的無酬觀眾

最後
在聖像上端
熟練地添加一輪光環
有光環的聖像
躺在地面
接受贊美與犒賞

陽光漸漸移動
教堂尖頂的投影
正好
刺穿光圈

模糊了虛位和虛榮

——2006.01.04.（三）
——刊登《笠》詩刊252期，2006.04.15.
——選入《森，林的家》（林家詩叢01號，
　　林煥彰主編），2006.10.

冰玫瑰

沒聽到「受不了」的驚叫
或者
根本無聲

完全闃寂的世界
無從喊冤
唯賴顏彩傳達心意

你的紅玫瑰我的白雪

寒冬裡
一株玫瑰
撐起一大片雪花

——2006.01.05.（四）
——刊登《笠》詩刊254期，2006.08.15.
——選入《森，林的家》（林家詩叢01號，
　　林煥彰主編），2006.10.

手提 SKⅡ 紙袋的白髮老先生

走出診房
白髮老先生手提 SKⅡ 紙袋
在醫院裡走動

來到電視機前
螢光幕正出現美白亮豔的女模特兒
連帶波動的字幕「緊膚抗皺精華乳」
老先生沒有變化表情
低頭看看紙袋

曾經的青春時光從未塗抹
都在揮霍
更不懂挽留

逗留醫院的白髮老先生
手提 SKⅡ 紙袋
拉緩歲月融蝕的加速度

——2006.01.06.（五）
—— 刊登《笠》詩刊254期，2006.08.15.
—— 選入《森，林的家》（林家詩叢01號，
林煥彰主編），2006.10.

蟄　伏

冬至一過
有光線的黃昏變長了

早已無憎無欲的禪定
按耐不住黑暗

一線之隔的囚愛之鏈
也在春水的呼聲裡
嘩啦啦地發響

—— 2006.01.07.（六）

到遠方

我到遠方
讓鐵軌拉長距離
在回憶古早味的火車餐盒
加添一味，慢慢咀嚼

我到遠方
看守暖和的天空
不讓絮雲繼續遠揚
攜回一小片就夠裹身

在遠方
讓有陽光的天空
清除潮霉陰霾

——2006.01.08.（日）

缺

有瑕疵的花瓶
失去挑逗花的香氣

缺了角的椅子
勉強撐持

殘缺的人生
需要更多的眼神關注

誰狠心讓愛缺角呢？

　　　　　　　　　　——2006.01.09.（一）

空　寂

所有的音響頓然消失
所有的影子瞬息遁走

聽不到誰的唇語顫動
（空氣微帶甘甜）
沒有禪師前來開悟
（知識不具力量）
跌坐在無邊的空寂裡
無思無慮　閉目
感覺陽光小腳的躡移
時間依然流逝中

—— 2006.01.10.（二）

冬訪柳家梅園（4 帖）

01.冬之悸

沒有雪
聞香尋梅
沒有路
順花覓徑

不知過了多久

猛抬頭，迎面
一大片霜白的驚悸
逼我解繳雙目

——2006.01.11.（三）

02.觸手可及

天空這麼湛藍
白雲，觸手可及

梅園裡
每一株枝椏掛滿我們的激動

漫步碧綠斜坡的草地
枝椏俯身招呼

天空原本這麼低
滿園的白雲簇擁我們的心情

——2006.01.11.（三）

03.千梅福證

梅園裡
碧茵綠地
托捧千株花瓣盛放的純白
散溢冬暖的香芬

有曲線的心形邊緣
安立紅燭
圈住紫紗鋪墊的喜氣圖案
見證觸手可及的幸福

　　　　　　　　　　——2006.01.11.（三）

04.迴　旋

一蕊蕊素顏的小花
停留梅林
好讓老樹重披綠袍
告知春的腳步

隨後，以難捨的迴旋舞姿
緩緩飄墜

用雙手，虔誠的我們
膜拜　承接
捧住

　　　　　——2006.01.11.（三）
　　　　　——以上4首刊登《台灣日報・21版・台灣副刊》，
　　　　　　　2006.03.01.

老榕樹的記憶

榕樹還在
很蒼老，很可憐
所有伸展的英姿都遭受鋸殘

光禿的褐色身軀
猶抓住泥土
供主幹底部長出綠葉

蒼老的榕樹曾否回想童年？

斷垣殘壁的記憶
可以難過，無法傷心

——2006.01.13.（五）
——刊登《台灣現代詩》第六期，2006.06.25.

童年的河流

河還在
不見流動

大部分覆蓋水泥
看得到的痕跡
任由雜草黑水佔領

從前是河　是清澄的圳溝
是同伴的泳池
是魚蝦蟹蜆蛇鱔的住家
上游還有蘆竹叢聚的野生小林間

從前是美麗的河流，寬闊歡笑的童年
如今是隱失的地面，記憶黯然的角隅

我的童年河流僅僅我在回憶

——2006.01.13.（五）
——刊登《台灣現代詩》第六期，2006.06.25.

給我一張夢的入境證

夢
有沒有邊境？誰負責把關？
如何申請
安全地入境？

夢
沒有疆界
無限寬廣的領域
擁有無限財富的寶庫
任誰都被吸引
甘願掉落

來去自如的人
曾經稱之為樂土
和淨土
也說成烏托邦

沒有主管
沒有主人的荒蕪又肥腴的夢土
出現再多高來高去的盜賊
依然土地無殤
財富無損

應該探究他們潛行的藝術
扮演神祕的黑衣人

一張入境證
能夠順利地編織完美的網
羅致自我發光的象牙塔

——2006.01.20.（五）
——刊登《鹽分地帶文學》第三期，2006.04.01.
——選入《森，林的家》（林家詩叢01號，
　林煥彰主編），2006.10.

夜讀荒涼

春夜，重讀《雪國》
雪積如許
綿長的路阻隔誰的歸程
在遠方何處的你
如何讀懂我內心凝束的荒涼

春夜，深厚的雪白
輝映星空的墨藍
未被陽光眷顧的
我那隱微卻始終不變的愛
該向誰訴說

──2006.02.01.（三）
──刊登《笠》詩刊252期，2006.04.15.
──選入《森，林的家》（林家詩叢01號，
林煥彰主編），2006.10.

春天來到我們的窗口

清晨醒來
光明已經一洩滿地
是大雪過後太陽的眷顧

沒有忘記我們的魚缸
（昨天之前還滯悶悶的）
小金魚興奮地泅游
沒有忘記我們的牆畫
（昨天之前還陰沉沉的）
畫中人露臉微笑
沒有忘記我們的小圓几
圓几上的貝殼在呼喚海濤
沒有忘記我們書桌上攤開的
昨夜完稿的雪詩
如今，詩雪不需輝映

春天
等我們張開手臂迎接

　　——2006.02.02.（四）
　　——選入《森，林的家》（林家詩叢01號，
　　林煥彰主編），2006.10.

進進出出

在忠烈祠進進出出
這個英雄時忠時奸

在出生地進進出出
尋常百姓時好時壞

我，一直是同模樣
什麼都不說
變的是時空的價值觀
是沒有國籍的那些三腳馬七嘴八舌的
成群變色龍

—— 2006.02.18.（六）

陳進畫展觀後喜降春雨

一場奢侈的視覺宴席
在無風無雨的寬敞大廳
饗請蒞臨者

靜靜的婦女畫親子畫
平靜中安寧
無風無雨

嫻靜的女樂手彈奏安詳的曲子
在寂靜的大廳
引人豎耳聆聽

太豪華了
由不得消化否
一次狼吞虎嚥
這歡慶百壽的百幅名畫

室內　無風無雨
愛熱鬧的烏雲觀眾也趕來

一場喜悅的春雨
在戶外　饗賞大地

為赴日前的女畫家
淨旅

—— 2006.02.18.（六）

素菊園的追思

白天　我們用
一支素菊一支素菊　手持
一支素菊一支素菊　追思

白天　我們踏尋原路
緩緩前行
讓時間走得慢些
讓那些亡魂的臉容清晰些
路面鋪了又鋪，改變不少
您們記得嗎？
街道一再易容
您們熟悉嗎？

到了夜晚　我們用
一支白燭一支白燭　插立
一支白燭一支白燭　追思

──2006.02.28.（二）

嘴臉篇

嘴臉合一

每個人
天生一口嘴一張臉

每個人
都用獨特的嘴與臉
裝飾自己　改變他人

每個人
天天使用吞嚥和講話的一口嘴
天天展示看不見自己的一張臉

希特勒以溫柔的嘴親吻情婦
也由同一口嘴發令滅絕猶太族

政客
用出名的嘴深情喊話
把猙獰的臉朝特定方向

媒體人
以修飾過的臉朝向觀眾

用出名的嘴反芻自己的口水

嘴臉合一
搭配得宜

——2006.04.10.（一）
——刊登《文學台灣》59期秋季號，2006.07.15.

名嘴課題

經常笑臉迎人
臉上的嘴塗抹蠍子的毒

經常怒臉罵人
臉上的嘴扭曲變形

一口嘴
黏在多端的臉上
妝扮成變色龍的多嘴多臉

市立動物園需要加蓋蓄養館
陳列
供後人品評

——2006.04.10.（一）
——刊登《文學台灣》59期秋季號，2006.07.15.

花間情

紫檀心事

旺盛的活力將我們推向最頂端
與陽光交融
逼使青天不敢低視

算不得傲笑
我們散發溫暖的黃色
耀眼卻柔和

濕潤溫熱的土壤，很快地
包容初始流落異鄉的濃烈愁緒
根部深埋，留存感動
喜臉迎春

我們是外籍新娘
落地求安

——2006.04.12.（三）
——刊登《初夏，遇見金黃色的紫檀》手冊，
　　2006.05.07.
——刊登《台灣現代詩》第七期，2006.09.25.

藍花楹

暮春晨間細雨後
從枝頭俯身
探選最佳位置
欣然地
以美麗的旋姿
緩緩飄墜

織舖一域鵝絨般的紫錦
迎接第一道陽光

——2006.05.04.（四）
——刊登《台灣現代詩》第七期，2006.09.25.

阿勃勒

經年我綠得自然
　　　　綠得自在
跟荒地小草一樣
哪管誰家的豔火四射

別忘了
我是宙斯Zeus
燦爛的黃金雨
為了輝映五月天

——2006.05.04.（四）
——收進《黃色迷戀》（路寒袖主編），
　　2006.06.
——刊登《台灣現代詩》第七期，2006.09.25.

骨肉愛情
　　——劉吶鷗〈熱情之骨〉讀後

來自西方的紈絝少壯外交官
在東方花叢中尋春

分期支付
享有彼此

直到金錢解剖刀閃現
快速切割骨與肉

吃光了肉
啃完骨
剩下看不見的靈魂

——2006.05.05.（五）
——刊登《笠》詩刊253期，2006.06.15.

詩人獨行
——送葉笛

走過許多道路
最愛浮世繪

神態瀟灑　笑容脫俗
淡淡情誼　詩酒人生

這次，再也留不住
你要單獨遠行
我們強忍內心的痛

陪伴到此
微微揮揮手

在記憶裡
重溫你走過的文學烏托邦

——2006.05.09.（二）
——刊登《笠》詩刊253期，2006.06.15.

枯木墳園

此地
躺著我們的兄弟
大家聚此
重溫綠蔭夢

我們慶幸
找到我們的休息處

——2006.05.11.（四）

出遠門
——送浪漫主義詩人葉笛

每回，走得再遠
心裡直惦記：「一定要回來！」

因為您
老城牆的榕樹根盤錯得更紮實

遠方
有您的紀念物
揉合誠摯情誼的歡笑飄散夏威夷
熬出頭的教職還給東京
讓甘地笑笑的台灣帽放在印度

最真情的紅寶石　妻子的
最珍惜的文學　家鄉留住

一切安頓妥當
您還要出遠門

這回，走得更遠
是遠方哪個異地　等候您的禮品？

162

因為更遠

我們的念更深

——2006.05.17.（三）
——刊登《鹽分地帶文學》第三期，2006.06.01.
——選入《森，林的家》（林家詩叢01號，
　　林煥彰主編），2006.10.

永恆的槍響
——致畫家陳澄波（1895～1947）

槍聲劃破街頭
車站廣場留下永恆的印記
沾染血腥的圍觀眾人
寒噤

早春的太陽，冷冷觀看
不能有淚的家屬
抬走不再溫暖的軀體

嚎啕
留在深夜裡
留在絕筆畫〈玉山積雪〉

——2006.06.

嶢嶢卻無言

高尖鐵塔隔遠孤立著
連輕飄飄的汽球都可以超越

僵直的人群有很多話
不便在家裡纏綿
聚到廣場，假裝寒暄
全都委由慶典布條代言

——刊登《國語日報・5版・少年版》，2006.05.23,

美聯社圖檔

九月台北海嘯

前 引

　　有一種海藻，學名腰鞭毛蟲，是微小的單細胞生物，在溫暖的鹽水區會急劇繁殖，浮氾海面上，形成大片紅色，即所謂「紅潮」（red tides）。科學界尚未找到紅潮發生的確切原因，一般相信它是自然發生的，並非人為所致。某些科學家認為這類海藻吸收海水中的氧氣，同時排出有毒物質，引起紅潮。通常，浴室牆角也會出現類似的「紅潮」現象：水退潮後滯留的紅色污垢現象。

紅潮聚落

一波波推湧的
浪潮
無處可退

越攪越濃的邪惡泡沫
黏靠一角
滯留

互相擠壓
在台灣的政治漩渦中
嘲嘯
掙扎

滅頂

咆　嘯

潮聲不斷
海，卻見不到

雖是籠中獸的咆嘯
倒讓人心惶惶
戚戚

佔擁廣場

方圍半里，佔地為王
一群走出染缸的紅螞蟻
在廣場穿梭、蠕動
鑽營

紅色制服

穿上新制服走進新學校
一群幼稚期的紅色學生
喜茲茲地望向講台
接受新教育

我們的血液流向你們的身上

是我族類，都穿新制服

你穿新制服
我穿新制服
我們暫時流相同血液
呼吸相同空氣

（2006.09.）

秋光召魂曲
——送唯美詩人胡品清

今年的秋天見不到飄霧
整整一季
陽光朗照華岡
夜晚，星子搶先露臉
輪流看護，不忍
您獨自擔受孤寒與病痛

在山上與Muse共處的詩人
終於
撇下清品的文學，和
綠色植物攀爬的二樓屋牆
還帶走
我們不時的仰望，以及
最清朗美麗的秋天

強忍難過
直讓陰冷漸漸侵身
我們心中更加了然

生時的冷清
走時的寂寥

您閉目冥息，之後
霧雨，開始籠罩山頭
對您的回憶會被封鎖嗎？

———2006.10.02.（一）
———刊登《笠》詩刊256期，2006.12.15.
———刊登今日《中國時報・人間副刊》，2006.12.20.

附　錄：

廣寒宮的 Aphrodite
　　———追懷胡品清教授

　　四十年前，因為詩，因為人，她隻身從巴黎飛到陌生卻有點熟悉的台北。

　　之前，不曾履過的台北，因時局動盪，形成很特殊的地點名詞；又藉著詩，與台北的詩人、詩刊，隔空頻繁接觸，產生了熟悉，甚至，在翻譯出版的法文版《中國新詩選》，保留了三分之一的篇幅給在台北的「自由中國」詩人們。

　　當年，這個陌生地，為了迎接她，出版《胡品清新詩及譯詩選》，算是回饋她在巴黎扮演詩人與譯詩家的雙重角色。雙重角色算不算是雙重間諜？因此，這個陌生地又送她一座廣寒宮，供 Muse 活動的小樓斗室，卻也足足將她囚禁了四十年。

被囚禁的 Muse，只得自己取暖：自囚兼自戀，聊以慰藉。無法像某類人，高空來高空去地以「文學人」、「文藝官」的名義出國訪問。

　　自戀自囚的詩人，自稱「玻璃人」，藏身處的小樓斗室稱作「藏音屋」、「香水樓」……等。在這裡，封鎖「情感」，釋放「詩文」，日夜採摘月桂葉，努力地鑴刻片片「心聲」。

　　有一年，在台北舉行的「世界詩人大會」，主辦人特別約請出席發言。趁空檔，有機會與她碰面，閒聊中有句「我所做的文學事業，比×××更應該被注意。」言下，不無某種委屈或怨尤。

　　2000 年 8 月，她的兩本書《迷你法國文學史》和《法蘭西詩選》，委由桂冠圖書公司出版，隔月，舉行新書發表會。當日，出席現場者不少是多年好友與仰慕者，胡教授則神采奕奕地談論最喜愛的法國詩文學，這也是他在台灣幾乎年年出版新書的唯一一次新書發表會。

　　之後，斷續幾次電話聯絡，都只隻言片語。再接著，我離開桂冠公司，2005 年 6 月，接《秋水詩刊》涂靜怡電話，言胡老師病倒，希望我去能探望。隨即抽空親自上山。在華崗小樓的住處，見到披著外袍體弱的她，不便言談，亦無久留。這次匆匆的印象，竟是最後的留影。

　　胡教授才華橫逸，屬全力教學與寫作的快筆。她出版過的書，有的很純，歸類明確；1960、70 年代，因應水牛、水芙蓉等幾家出版社的文稿，較雜些，只要是新作，包括散文、詩、評論、翻譯、書簡，足夠一本書的份量，即可合成出版上市。她的書簡與散文，最能接觸「封鎖」的心靈。水牛版的《晚開

的歐薄荷》（1968年）有箋〈給阿芙荷蒂德〉書簡，她一再
地細語：「其實，我們距離得真夠遠，在時間上和空間上。而
我覺得在心靈上妳距離我那麼近，」「而妳，唯一令我皈依的
女神，妳就代表著我畢生追求和嚮往的東西，妳象徵著我內裡
佔優勢的品質。所以我是那麼心甘情願地向妳屈服，為妳忍受
痛苦和寂寞，一心不亂。」「而我將永遠不自禁地皈依妳，我
的女神」「至愛的女神，由於妳，我的生存沒有單調，沒有漠
然。」最後，「致妳以敬禮，至愛的女神」。

　　古希臘神話中，美神阿芙荷蒂德（Aphrodite），等同羅馬神
話的維納斯（Venus），是胡教授心儀，也儼然她自己的化身。

　　稱胡教授 Muse 或 Aphrodite，都具等同意義。只是「嫦娥
應悔偷靈藥，碧海青天夜夜心」，被禁而自囚四十年的 Muse 或
Aphrodite，生時冷清，走時寂寥。不知臨別前，她後不後悔誤
把「詩文」當作「靈藥」？

　　　　　　　　　　　——刊登《秋水》詩刊132期，2007.01.

古城秋陽
——訪古城尋葉笛

秋日午後，來到古城
順著舊路尋你　想
你的身影與詩書

城裡街道繁忙
大車走走停停
人群在嶄新建築物進進出出
這是一個暖和的暮秋

經過公園，覓得一席綠蔭
微微有風，朗朗陽光
清晰拓印的樹影搖晃如輕盈蝶翼
猜想你的影子拓印何方

穿過熟悉的小吃店
（入夜才開張）
座椅還沒就位
浮現你靜酌的姿影

繞圓環打轉
「你轉了幾圈？」

輕描淡寫一生
終如浮世一繪

來到你最愛的城牆老榕樹
賣藝人早早靠牆佔領
少了你
古城的夕陽頓然無限地落寞

【附記】

　　人，走了，對他的「念」會增多抑漸漸微弱？詩人葉笛於
2006年5月過世，11月，我到台南，突然湧起「少了葉笛，夕陽
更顯落寞」。許是我的落寞。因而誌記此詩。葉笛在其散文集
《浮世繪》，流露甚多對台南人事的感懷，包括「在自己的家
鄉竟有『異鄉人』的感受。

　　　　　　　　——11月11日（六）
　　　　　　　　——刊登《台灣詩學》論壇四號（2007.03.）

輯三
北國三部曲

之一、我在首爾 Seoul（2006.08.21.～08.29）

和　平

許多中年男人在會議桌高喊和平

許多年輕男子在戰場屠殺異國同族人或同國異族人

許多少年肩揹高過身軀的槍桿

許多小孩在饑餓邊緣等待死神

許多女人在哪裡？

她們躲在哪裡哭泣？

註：參加「第二次世界兒童文學大會暨第8次
　　亞洲兒童文學大會　首爾」（2006.08.21.
　　至25.），有感大會主題「嚮往和平的兒童
　　文學」而作。原想寫作〈和平之歌〉，未
　　果。

　　　　　　　　　　　　　　—— 2006.08.22.

贊美銀杏

高聳軒昂，成排成列的翠綠
頂住Seoul的天空

北國聖者，不入深山靜修
在繁華世間佈道

擷摘蝶翼展飛的青碧葉片
合當紀念，連同許願夢想
夾進書頁
與韓文詩集貼緊

註：銀杏，又稱白果樹、公孫樹。樹形俊挺，
　　高聳軒昂。據云：1945年8月，廣島和長崎
　　遭受原子彈轟炸之後，草木不生，只有銀
　　杏最先冒出芽來；銀杏生命力之勁韌，超
　　越原爆核塵。在台灣，銀杏僅生長於南投
　　鹿谷鄉溪頭。在首爾街道，處處可見，它
　　是市樹。

　　　　　　　　　　　　　　——2006.08.25.

戰爭紀念館
——參觀首爾「戰爭紀念館」

參觀「戰爭紀念館」
見識殺人武器進展神速
驚訝武器的高度毀滅
人性的毀滅，隱而不見

人類丟棄和平
發揮了戰爭的雄風

愛和平的人類
與「戰爭紀念館」合影
跟戰爭握手？

為了教育
官方投資興蓋「戰爭紀念館」？

為了娛樂
許多民眾擠進「戰爭紀念館」？

那些戰爭　那些戰事　那些戰將　那些戰士
距離我們非常遙遠嗎？

——2006.08.25.

戰爭紀念館的遐思

1.
戰爭的年代
沒有戰爭紀念館

沒有戰爭的年代
興蓋戰爭紀念館

歷史需要教育

教育歷史，需要鼓動戰爭
教育，推動了戰爭

2.
貼緊巨牆，懸掛將領英姿
都是戰爭的英雄　都是英雄的戰爭
成就英雄的名號　成就戰場的壯烈

庶民不見了

3.
在紀念館買戰爭用品
熱血澎湃

喜戰？
厭戰？

——2006.08.25.

清溪江

河江復活
看得見生命在流動
瀲灩的波光
纏繫美麗城市的耀眼腰帶

曾經被標註消失
馬路下黑漆漆的水溝
不見天日
甚或死亡

再現川流　河江復活

陽光使河川親近人
陽光使人親近河川

脈動都會　活絡市民

——2006.08.26.

立 場

你說你沒有立場

站在國家至上
普羅大眾的聲音自然消失

你說你沒有立場
你的立場搖擺不定

隨時更換新來的統治者
迎接新進的掌權人

——2006.08.26.

石雕獬豸

不卜吉祥
不賜天福
石雕獬豸屹蹲寺廟廣場
看守正義

石獸不語
看盡匆忙來去的遊客
跳開廣場
非義的人間離此甚遠

人間事有如過往雲煙
石獸永遠不語
堅持護守廣場內的正義

註：參觀韓國最大佛寺「曹溪寺」，見一座石雕
　　獸。導遊說是「獬豸」。獬豸（音讀xiè－
　　zhì，謝至），古中國傳說中的神獸，外觀
　　似羊，或說似鹿、頭頂正中有長獨角，喜歡
　　居住在水邊，見到有兩人起紛爭時便會用牠
　　的獨角頂向理屈的一方至其跌倒（往後的說
　　法中獬豸會將推倒之人吃下肚）。《說文解
　　字》：「獬豸，獸也，似牛，
　　　　　　　　　　　　　　　——2006.08.26.

之二、我在布里亞特 Buryat（2006.08.30.～09.02.）

　　布里亞特自治共和國位於西伯利亞東南部，南鄰蒙古人民共和國，北緯 49°55' 至 57°15' 之間。面積約 35.1 萬平方公里，人口約 1050 萬人。東西寬約 420 公里，南北長 600 公里，是典型的山地地形，平原少。布里亞特自治共和國成立於 1923 年，隸屬於蘇聯。1990 年代初，蘇聯解體後，1922 年，改國名為布里亞特共和國。首都仍在烏蘭烏德，恰克圖為南方古城。境內大湖泊貝加爾（Baikal）湖，其意是「天然之海」，長 636 公里，寬 24 至 79 公里，面積 3.15 萬平方公里，幾乎等於台灣。1980 年代以來，貝加爾湖積極開發，卻因規劃不當，旅遊觀光業未能興盛繁榮。

清晨，邊境小鎮

清晨，北方清冷小鎮
飄著小雨
載運木材的長列火車，在遠處車站鳴笛
冒著濃濃黑煙，緩緩駛離
廢棄物大型麵粉工廠與空屋
留下上一世紀的繁華夢

一隻黑狗豎起尾巴坦蕩蕩地走在聯外道路上

路邊樹叢與姑立樹
葉子在細雨中搖顫
群鳥仍啁啾呼應

雨，即將停歇

2006.08.30.（三）

越　境

詭譎的天色凝聚檢察站上空
各方人馬臉譜緊繃
穿軍服的男女官員不苟言笑

時間僵止
時間流逝

走出邊境
雨停了
小蝴蝶在路邊草叢飛舞

沒有國籍的浮雲，更早一步
越境，等候我們
繼續前程

2006.08.30.（三）

恰克圖

歷史課本地名的實境出現眼前
遙遠的事件，遙遠的名字

信仰轉移
荒廢教堂的空架獨留原地
見證繁華落盡

從高地俯瞰新街市
似乎未曾巨變，生活步調緩慢
僅僅古人面貌換上今人模樣

博物館內
赫然陳列 André Chénier 的詩集小冊子

2006.08.30.（三）
註：恰克圖，布里亞特（Buryat）共和國南境的大
城，與蒙古國緊鄰，曾經是「茶路」中繼要站，
中俄貿易繁華重鎮，被稱譽「沙地威尼斯」。
瀏覽「恰克圖博物館」眾多史跡，驚喜發現展
示了法國大革命期間不幸喪命的抒情詩人謝尼
葉（André Chénier, 1762～1794）於1861版的詩
集。

列寧銅像

一尊巨大頭像
佔擁烏蘭烏德廣場
過往民眾，稀鬆平常
反而驚訝台灣遊客的好奇

列寧在莫斯科的銅像倒了
偶像迷都散了
布里亞特的列寧依舊傲然
管控正前方的列寧大道

2006.08.31.（四）

白樺林邊的禱詞

抵達公路高點，山林幽深
一座隱形廟宇，面向林邊
雙手合十，閉目
祈禱
同時禮敬樹神和山神

虔誠的禱詞：
山林年年翠青
台北紅潮迅退
島嶼屹立安然

2006.08.31.（四）

貝加爾湖組曲

天然之海

是湖，抑海？
可以換名：台灣
廣瀚的水域永難止息地
直沖無設防的岸沙

天空灰沉　湖水混濁
才八月底
朔風使勁吹凍臉頰與雙手

寒顫中
照例
虔誠地灑酒祈禱
向萬能的海神

落　日

注視著海上落日
如何殞落
一秒一秒地

溫度
跟著急速下降

森林空地

離湖畔不遠
進入森林
赫然出現一大空地

稀少的人煙
森林之神預留自己的慶典
廣受更多陽光和雨水

北緯53度夜空

北緯53度夜空
冰清　晶碧　亮閃
低得伸手可以觸摸
爭寵的眾星紛紛垂下乳般柔光
笑臉相迎　無畏寒凍

誰能叫出他們的暱稱？
誰能覓得自己的星宿？

兩旁住家早早封閉
戶外的霜冷

唯一的聯外道路
燈光稀微
需賴久久出現的夜車前頭燈

極　光

極光
瞬間的幸福

湛藍的極致
輝映無瑕之美的湖水

清晨的湖岸

微明清晨
鷗鳥單飛或成雙飛來飛走
尋求最佳落腳

澎湃不歇的湖
預留清澄
等候朝陽乍現
金光粼粼的美麗拍擊

2006.09.01.（五）

之三、我在烏蘭巴托 Ulaanbataar

曠野寒月

一片沉寂

夜愈深
愈清冷的高懸孤月
依然無私地
照顧寒棟的蒙古包

2006.09.07.

原野飄雪

輕盈的碎細，情人似的攤軟
不斷
沾黏衣衫臉面

瞬間
近處草原遠方丘陵
鮮白得逼人視盲

九月初雪
驚豔南國人的目光

2006.09.08.

輯四
田園與畫意

給 Green 的田園詩

　　閱讀古爾蒙（Remy de Gourmont, 1858～1915）抒情詩集
《西蒙・田園詩》，留下這些斷續完成的作品，也算一場邂
逅，一組呼應。

（2005.04.26.）

葉　縫

穿過層疊翠綠葉子的晃動隙縫
不同形狀的陽光
變得很輕柔
在妳的肌膚　在妳的臉容
金色螞蟻般任意滑行
　　　　（幸福的螞蟻）

妳聽得到那些悄悄的細語嗎？

被細細亮亮的銀灰網絲托住
不同時刻無心的小露珠
變得很興奮
晶瑩鑽戒般隨意挑逗
妳的笑靨　妳的心喜
　　　　（歡樂的蛛網）

妳聽得懂那些滾翻的樂音嗎？

霧裡田埂

雨季裡霧濛濛的田園
應該有青綠秧苗
那是我們的期待

一畦一畦的方塊
注滿春水

新綠的秧苗
聽得到火車從遠方平原駛近
那是唯一的移動

田埂上
穿簑衣的模糊身影也似在移動

微曦中

管他窗外是清晨抑薄暮
隔層幃簾，微曦中
輕撫、浮雕
從靜止的髮絲
硬中帶滑的額頭
閉而不閉的眼，未語的唇
到微動的下巴

微曦中
端視妳的容顏
鏤印瞬間的清晰

對面牆壁掛著羅丹 Le baiser 的雕塑像

安靜的河堤

河堤無言
把話留給漂浮的水草

河堤無言
把話留給水面的蝴蝶

河堤無言
把話留給小舟的槳櫓

河堤無言
把話留給盪遠的漣漪

河堤無言
把話留給岸邊的螃蟹

河堤無言
把話留給離開的飛鳥

河堤無言
把話留給天空的浮雲

河堤無言
把話留給遠處的吊橋

我們的堤岸
有點斑駁卻保留白色

白色的堤岸
是我們美麗安靜的家

我們相望了一輩子
只有流水清楚

我們只過單純的生活

我們的房間
很小

開門
就是稻田

稻田
有時荒涼　有時翠綠

稻田黃熟
就得忙碌一陣子

我們只過單純的生活
繞繞圳溝，看看田園
忙的時候，汗拼命流

一點點微小的驚奇
夠我們喜悅一整天

田，我們望了一輩子
一輩子就像一整天的喜悅

霧

喜歡她們飄浮的身影

她們沒有腳，任意走動
那是無人之境
她們經年都穿同一款乳白色罩衫
出現在陽光尚未照顧的山野城市海面

我愛上這樣節制的打扮和遊歷

她們想來就　來想走就走
是自主的女權主義者
她們屬於水漾族
捉摸不定　握也握不住

誰能不輕易地愛上如此的美麗女子？

窗

一旦醒來
不要驚動窗帷
陽光，早就瀉滿室內
鳥語花香已報到過

我們的窗虛設的

臨睡前，最好
讓那些跟妳同樣活動的生靈
也能自由在夢境進出

春　露

俯下身子　才能領會
小小葉片
如何承載顆顆晶瑩的露珠

你離開後留下的
難捨

不要撥弄
他在綠葉小坡緩緩滾滑

側　臉

趁夜色
我們趕搭一趟旅程
鑲嵌的車窗玻璃
是晃動的一面明鏡
鑑照了妳的側臉

貼坐身旁
靜靜凝望鏡中的閉目抿嘴
隨車搖晃
恍若海面顛簸

我們趕搭一趟旅程

急駛的夜行快車
車窗映顯妳的安詳
我的安定

　　　　　　——2005年

與李梅樹有約
——讀李梅樹先生的畫寫詩

詩情，不盡然是畫意，但讀畫濺起的漣漪，圈紋明晰。

前　引

進入李梅樹紀念館

不是避暑，仲夏的午間
進入畫伯李梅樹前輩的繪畫空間
平實　平靜　平凡
享受寧穆
欣賞家鄉舊景

安詳的畫家
歡迎每一位訪客
沉澱外界所有的物化
追憶濃蔭處處的鄉景

——2005.07.31（日）

電線桿列隊的家鄉

——家鄉的風景（1920年代）

路有多長
電線桿就直立排隊多遠

素樸的電線桿引來光明
寧靜的家鄉進入文明

列隊的電線桿
讓外界看得到家鄉的路
欣賞到家鄉的美

——2006.07.24.
——刊登《笠》詩刊255期，2006.10.15.

河海交匯
——淡水港（1930年代）

天空

罩著灰白相間的厚雲層

遠處海水淺藍，浪濤微微起伏

港內

安靜

幾艘船靜靜浮動

更多的都到遠方去

——2006.07.24.

——刊登《文學台灣》61期，2007.01.15.

落　葉

——拾落葉的童年（1934）

滿地落葉，撿取一片
攤放掌上
留存家鄉的記憶

童年無知卻稚樸
落葉無奈仍有情

落葉聚集的位置
是流浪的起點

落葉飄散的方向
是成長的足迹

　　　　——2006.07.08.
　　　　——刊登《笠》詩刊255期，2006.10.15.

濤　聲
——海　景（1938）

不懈的生命在聳立的黑岩間
衝撞　迴流

奔騰的生命永遠奮力邁向
前方

聽！震耳隆隆的濤聲
聽！澎湃激盪的心聲

——2006.07.09.（日）
——刊登《笠》詩刊255期，2006.10.15.

美夢成真

　　——貓（1940）

日有見
夜必夢

眠中貓夢到花的影像嗎？

最珍愛的
必然不辭千里
前來　相會夢中

眠中貓夢到花的影像！

　　　　　　　　——2006.07.19.（三）
　　　　　　　　——刊登《文學台灣》61期，2007.01.15.

打穀機
　　——豐　收（1945）

七月天暑熱，稻子熟了

稻子跟太陽一樣閃亮
太陽跟我們一樣
都很忙
忙得非常開心

我們不斷地流下汗水
滴滋自己的土地
打穀機不停地吞下金黃的穀粒

　　　　　　　——2006.07.28.（五）
　　　　　　　——刊登《文學台灣》61期，2007.01.15.

原野大朝陽

——日　出（1977）

寧靜的田園，充滿朝氣
紅咚咚的日頭
早已眷顧這片綠園

甦醒仍朦朧的鄉間
圓滾滾的日頭
亮開我們的眼睛
興奮地
擁抱一天的開始

（用台語唸）
日頭是咱的眼睛
掂開嘎就大就大
直直觀看咱的綠色田園

美麗的田園　咱的家園
已經充滿著朝氣

咱　麥擱躊躇
腳步噯趕緊也

（以上八幀圖，由李梅樹紀念館提供。
原圖為彩色油畫。）

　　　　　——2006.07.09（日）

夢土與實境

——賞析莫渝的現實與非現實詩境

林　鷺

　　笛卡爾認為人是由物質和心靈兩個實體所組成的，人因為思想而存在，所以才有「我思，故我在」的名言。他這種二元論觀點正好用來區分人的現實與非現實世界：凡人在現實的世界，除了個人身體的存活必須與其他個體相互依存外；在非現實的世界裡，人也因為意識與思維的存在而生活在記憶與夢想交織的私密世界裡。那麼，做為一個詩人的現實與非現實世界又是如何的呢？想必比一般人精彩多了！因為詩人眼中的世界總是在現實與非現實之間積極而頻繁地相互穿透，於此，就讓我們跟隨詩人莫渝的詩作去尋找詩人的現實與非現實詩境吧！

給我一張夢的入境證

夢
有沒有邊境？誰負責把關？
如何申請
安全地入境？

夢
沒有疆界

無限寬廣的領域
擁有無限財富的寶庫
任誰都被吸引
甘願掉落

來去自如的人
曾經稱之為樂土
和淨土
也說成烏托邦

沒有主管
沒有主人的荒蕪又肥腴的夢土
出現再多高來高去的盜賊
依然土地無殤
財富無損

應該探究他們潛行的藝術
扮演神祕的黑衣人

一張入境證
能夠順利地編織完美的網
羅致自我發光的象牙塔

　　有人說夢的世界是幽靈的世界，但是莫渝夢的世界卻是
「擁有無限財富的寶庫」，也有人說夢的世界協助我們的身心

找尋到自我內心價值的準則，所以莫渝說「來去自如的人／曾經稱之為樂土／和淨土／也說成烏托邦」。顯然莫渝夢的世界是一個安祥而足供逃脫現實世界冷酷殘缺的美麗夢土，但是他似乎也在暗示人類生活的實境基本上不可能是一塊樂土或淨土，所以只有從夢土裡去建構一個理想的烏托邦了，這可從詩的第四段「荒蕪又肥腴的夢土」的釋義裡得到佐證。

然而，夢土的自由與財富即使「出現再多高來高去的盜賊」也「無殤」又「無損」的特質，的確釋放了我們在現實世界裡無法擺脫的重重心理束縛，所以那「沒有主管」又「沒有主人」的自由夢土，不管是否受到入侵，醒來之後都可以一筆抹消的釋放，正是詩人想望申請一張可以「安全地入境」的「夢的入境證」的原因所在，這也正是詩人為何要告訴我們：人類的「夢土」是一個值得「探究」的領域，即使那個夢土根本上只能是座「羅致自我發光的象牙塔」。

遠離的實境向來是夢土的發源地，在台灣想要見到雪本來就不是一件容易的事，或許正因為如此，從莫渝的詩作裡發現「雪」似乎是他有所偏好的「夢土」元素，且看：

夜讀荒涼

春夜，重讀《雪國》
雪積如許
綿長的路阻隔誰的歸程
在遠方何處的你
如何讀懂我內心凝束的荒涼

春夜，深厚的雪白

輝映星空的墨藍

未被陽光眷顧的

我那隱微卻始終不變的愛

該向誰訴說

　　莫渝選擇在春夜重讀川端康成的《雪國》，並以詩人的敏感釋出書中主角島村「內心凝束的荒涼」，也替豪情的藝妓駒子說出註定蒼涼的：「我那隱微卻始終不變的愛／該向誰訴說」？

　　短短兩段詩，隱約精要地表達了故事裡兩位主角隱微悲涼的情感與心境，而身為讀者的莫渝，既是旁觀者，卻又深深埋入他詩中因閱讀而產生的「春夜，雪積如許」、「春夜，深厚的雪白」那樣的書中景象裡，以致那樣的春夜，那斯的雪色，彷彿都變成莫渝夢土裡的實境了。

　　莫渝的另一首詩也呈現出一種冷冽與熱情交織的現實與非現實境地：

冰玫瑰

沒聽到「受不了」的驚叫

或者

根本無聲

完全闃寂的世界
無從喊冤
唯賴顏彩傳達心意

你的紅玫瑰我的白雪

寒冬裡
一株玫瑰
撐起一大片雪花

　　〈冰玫瑰〉讓我聯想到夏天裡花店冰櫃中的玫瑰花。玫瑰
的熱情與冰的寒涼在衝突中產生詩想的緊張，那「沒聽到『受
不了』的驚叫」反倒驚起讀者「受不了」的悲憫之情，而那
「或者／根本無聲」更叫人產生受不了的沈痛，還好詩人替它
說出「無從喊冤」的「闃寂」心情，玫瑰即使有了「你的紅玫
瑰我的白雪」這樣的怨懟，它冷凝中的血色「顏彩」終能撐起
一大片冰冷的世界。
　　從現實的人生裡頭，我們不也會經歷「冰玫瑰」的處境
嗎？這使我想起一位藝術家朋友曾經向我抱怨他的前妻——「一
下子把我放在烤箱裡烤，一下子又把我放進冷凍庫裡冰」的感
情經歷。對他而言，那些冷淡與熱情的對待，於他，究竟是夢
土，還是實境？或者根本只是人生的一場有如惡夢般的實境？
這也是詩中「寒冬裡／一株玫瑰／撐起一大片雪花」的那大片
「雪花」的存在與溶蝕的現實與非現實問題。

姑不論雪花存在的問題，莫渝的春天依然從一片雪色中甦醒：

春天來到我們的窗口

清晨醒來
光明已經一洩滿地
是大雪過後太陽的眷顧

沒有忘記我們的魚缸
（昨天之前還滯悶悶的）
小金魚興奮地泅游
沒有忘記我們的牆畫
（昨天之前還陰沉沉的）
畫中人露臉微笑
沒有忘記我們的小圓几
圓几上的貝殼在呼喚海濤
沒有忘記我們書桌上攤開的
昨夜完稿的雪詩
等我們張開手臂迎接
如今，詩雪不需輝映
春天

這窗前的場景究竟在哪裡，我們不得而知，然而身為讀者的我著實感染了一種從陰霾的寒冬中見到無限光明與生氣的活

力，與詩中的小金魚一起泅游，與牆上畫中人的微笑一起迎接
春天的氣息，就連小圓几上的貝殼都在呼喚海濤了！你說這是
詩人的夢土還是實境？也許這種「詩中畫」的情境，對讀者而
言，就如同「昨夜完稿的雪詩」一般詩意，這「不需輝映」的
「春天」，既充滿春光的夢想，也是每個讀者都有可能實現的
實境，不是嗎？

　　離開莫渝的雪鄉夢土，讓我們一起進入莫渝詩的現實世界
吧！

手提ＳＫⅡ紙袋的白髮老先生

走出診房
白髮老先生手提ＳＫⅡ紙袋
在醫院裡走動

來到電視機前
螢光幕正出現美白亮豔的女模特兒
連帶波動的字幕「緊膚抗皺精華乳」
老先生沒有變化表情
低頭看看紙袋

曾經的青春時光從未塗抹
都在揮霍
更不懂挽留

逗留醫院的白髮老先生
手提ＳＫⅡ紙袋
拉緩歲月融蝕的加速度

　　詩中「ＳＫⅡ」的紙袋雖然由白髮「老先生」手提著，兩者
卻形成一種視覺與意義的反襯，也在無形中顯露出隱藏的反諷
效果，加上場景的發生在醫院，老先生從診房走出，正好符合
詩人獨到的敏感。整首詩的要義落在第三段的「曾經的青春時
光從未塗抹／都在揮霍／更不懂挽留」。莫渝詩手法的處理兼
具形象與內在的雙重衝突，而其詩的意義和感受便從這種張力
中產生。
　　聰明的讀者也許會更進一步去想：詩裡的主角那個手提袋
裝的究竟裝是什麼東西？或許根本就不是ＳＫⅡ化妝品，然而這
樣的轉折反倒使得詩的現實與想像產生另一種衝突的樂趣。
他的另一首詩：

地板畫家的光環

人來人往的廣場
地板畫家展示才華
佔領一塊小空地
旁若無人地用彩色粉筆
繪製聖像
還眼瞄手揮地
排拒佇立的無酬觀眾

最後
在聖像上端
熟練地添加一輪光環
有光環的聖像
躺在地面
接受贊美與犒賞

陽光漸漸移動
教堂尖頂的投影
正好
刺穿光圈

模糊了虛位和虛榮

　　取材現實社會之一景，表面在寫一位廣場上畫著聖像的畫家，熟練且自得地展示著自己的才華，想要藉由聖像來「接受贊美與犒賞」，然而諷刺的卻是聖像的光環也隱藏著自我驕傲意識的光環，而那「漸漸移動」的「陽光」恰好因為「教堂尖頂的投影」將之刺穿而產生一種示教作用，這種示教其實來自詩人本身的自覺，他認為現實世界的一切光環畢竟只是一場短暫的虛幻夢境，這首詩因此可資用以詮釋莫渝的部份人生觀。最後，對於一位曾經在我們的生命裡活過，且值得懷念的友人，他的存在與消逝究竟是現實還是非現實，抑或僅僅是一場現實過後的如夢之夢呢？

出遠門
——送浪漫主義詩人葉笛

每回，走得再遠
心裡直惦記：「一定要回來！」

因為您
老城牆的榕樹根盤錯得更紮實

遠方
有您的紀念物
揉合誠摯情誼的歡笑飄散夏威夷
熬出頭的教職還給東京
讓甘地笑笑的台灣帽放在印度

最真情的紅寶石　妻子的
最珍惜的文學　家鄉留住

一切安頓妥當
您還要出遠門

這回，走得更遠
是遠方哪個異地　等候您的禮品？

因為更遠
我們的念更深

葉笛先生這趟遠門，只有用深遠的懷念才可與之相遇，他的愛從一生的流蕩裡滿滿地遺留給妻女、朋友與家鄉，「遠方／有您的紀念物」是詩意的感傷，莫渝對葉笛先生的懷念恰如其份的收藏於詩人葉笛精彩活過的實境與如今已然離去的遙遠夢想裡。

　　偉大的阿根廷作家波赫士（Jorge Luis Borges, 1899-1986）在談論「詩之迷」時，曾提及一位愛爾蘭哲學家柏克萊主教（Bishop Berkeley, 1685-1753）寫過：蘋果的味道其實不在蘋果本身—蘋果本身並無法品嚐自己的味道—蘋果的味道也不在吃的人的嘴巴裡頭。蘋果的味道需要兩者之間的聯繫。我們可以說莫渝詩的非現實詩境也是以如此的關係連結著他的現實世界，我們因此從莫渝清醒的夢想裡分享了他身為一個詩人的現實與非現實詩境隱隱滲透出一種如雪色映照般的細膩抒情。

（2007/1/24）

第一道　曙光

詩情與畫境的互涉與交織
——莫渝詩集略評

楊淑華

　　《第一道曙光》是莫渝先生新近出版的詩集，也可說是他1998年以來，新創詩篇最集中且即時呈現的詩集[1]。依個人觀察，本詩集似乎可視為其另一個創作高峰的預伏階段，值得大家多予觀察和期待。何以見得？在本詩集中除了詩風的移轉、形式的新變，在第四輯中更有讀畫系列（八篇），集中呈現詩情與圖像交織的美感，也彷彿展示著莫渝在創作上正努力開拓新面向，本篇擬對此稍加討論。

舉重若輕——創作的企圖

　　整體而言，這組題畫詩之所以引發個人的關注，除因其編排形式賞心悅目，相當符合當前社會「薄而精、輕而切」的閱讀趨勢。探究文本特質，則因圖像最能誘引、或輔成詩篇意象的內涵，使讀詩者較具體而鮮明的營造詩境，所以讓人讀來特別能獲得興味與感動。並且，經過反覆細讀，則又可在前述作品形式中，發現一種「舉重若輕」的傾向。

　　由編輯形式略觀；此八首詩至於第四輯詩後半，有一個共同的完整標題「與李梅樹有約——讀李梅樹先生的畫寫詩」，

---

[1]　參〈莫渝詩集選集介紹〉，其評述中最近一本詩集，是1998年增補插圖的新版《水鏡》詩集，其中較前一版又增加了八首新作。見《莫渝研究資料彙編》8-9頁。苗栗縣：苗栗縣文化局，2005年。

並有一段精要的詩序，以實地拍攝的照片輔助「進入李梅樹紀念館」一詩為「前引」，以上諸多形式結構上編整有序的線索，均顯然向讀者昭告，這是一組刻意而為、有預定結構的系列創作。同時，其創作上固然先後有別，最終卻選擇以配合著原畫作的年代，由遠而近的序列，則其創作企圖，儼然欲以詩畫聯手，為當地的「歷史」進行敘事。

　　而其詩序自述：「詩情，<u>不盡然</u>是畫意，但讀畫濺起的漣漪，圈紋明晰。」固已間接點出本系列詩篇是觀畫而後創意衍生之作，雖有圖像之文本，但創作者相當清楚的自覺：詩篇所抒不必貼近原畫本意，更多可能是觀畫者發揮「讀者反應」的心聲與迴盪。因此，其刻意採用「讀」畫，這樣的用語，實已明白地區隔其觀畫後所創作的詩，並不同於傳統題畫詩以圖像為基底的客觀抒寫，而可能是詩人詩情的自由激盪與回應。綜合前述，本組詩亦可視為<u>莫渝</u>對<u>李梅樹</u>畫作進行讀者創造性詮釋的驗證與示現，其創作企圖實在可觀，唯其僅以少數八篇為初步嘗試，附於新詩集之末，不免令人對其舉重若輕的低調作風印象深刻。

詩情與畫意的層次交織

　　詩與畫的跨類藝術會通，自唐宋以來，便是古典詩學中普遍受肯定的美感型態。如以詩篇中主要意象的營造與繪畫圖像中的構圖地位、表現焦點之關聯性來區分，則本次收錄的八篇題畫詩[2]，大致可分為三類：

---

❷ 所指八篇詩，是先排除作為「前引」，以照片搭配的〈進入李梅樹紀念館〉一篇；而將最末題詠「原野大朝陽」的國語、台語詩視為兩篇。

首先，是配合原畫的視覺元素，較據實抒寫圖象內容的作品，如為「1930年代淡水港」而作的詩：〈河海交匯〉。

　　天空
　　罩著灰白相間的厚雲層
　　遠處海水淺藍，浪濤微微起伏

　　港內
　　安靜
　　幾艘船靜靜浮動

　　更多的都到遠方去

　　此詩略分三段，第一、二段順著原畫上三分之二版面的視覺主題而寫，分別抓住色塊的表現，書寫厚重而灰白的海岸沈積雲，也扣緊構圖的架構，刻畫弧形成拱的寧靜海灣。但值得玩味的是，在這相連的兩組意象中，其末句已悄然蘊象外之意，所謂「浪濤微微起伏」、「幾艘船靜靜浮動」，應非畫家筆觸之細膩，而是詩人讀畫之心由靜生動，激盪產生的對比，因而，帶出末段「更多的都到遠方去」，便顯得順理成章，而意涵多重了。表面上，既是寫白日海灣中狀似靜寂，實則船隻均已出海、蓬勃工作；其次，也反映出七十多年前的淡水，是個如何興盛運轉的港口，因此「遠方」可表現出對來的美好企望；再藉由今昔樣貌的貌似而實異，則「遠方」更何妨指涉對河港「逝去繁華」的追懷，引發人事變遷之感慨。

　　此外，還有一篇我個人較偏愛的〈美夢成真〉，是為畫面中一隻蜷伏酣眠、神情陶醉的棕黃虎斑貓而作：「日有見／夜必夢／／眠中貓夢到花的影像嗎？／／最珍愛的／必然不辭千里／前來　相會夢中」。剛開始，是由油畫中貓的舒和姿態而引發想像，而次段的回答，則由實轉虛，讀出畫中人物（貓）的神采，也擴大了抒詠的意涵。可惜，末句再次強調「眠中貓夢到花的影像！」似略嫌多餘，也將遄飛的詩情給限制了。然整體而言，本類雖為組詩中較如實書寫圖象的詩篇，卻仍表現了詩人讀畫時逸出的詩興，為畫作增添了更幽遠的情懷。

　　其次，則雖以原畫內融為興起，但詠題的主題已有所轉移，不為原作所限。如〈電線桿列隊的家鄉〉、〈落葉〉、〈美夢成真〉等篇皆屬之。其中，前者是為1920年代「家鄉的風景」一畫而作，畫面中主要構圖重心是櫛比鱗次的休耕田野，與素樸的農舍，交界處穿插著依田埂而蜿蜒伸展的電線桿。但莫渝此篇〈電線桿列隊的家鄉〉詩卻反客為主，聚焦於成列的電線桿，並強化其慎重、誠摯列隊，以迎進文明的擬人形象：「路有多長／電線桿就直立排隊多遠／素樸的電線桿引來光明／寧靜的家鄉進入文明」然而，此詩的情韻並不指此，而在於末段的反向詮釋：「列隊的電線桿／讓外界看得到家鄉的路／欣賞到家鄉的美」。文明對純樸鄉鎮的進入，通常被視為侵略與破壞，莫渝卻以獨有的積極眼光，詮釋其「照亮道路」的貢獻，更溫馨地詮釋為引入遊人、分享故鄉美景的正面意義，既延續其一貫的詩觀，又別開讀畫之眼。類於此者，又如〈落葉〉篇中突出背景裡「落葉」的地位，作為童年深烙

家鄉記憶的鮮明意象；〈打穀機〉篇則點出隱含畫面色調中的「陽光」為重心，以串引農友積極工作、熱愛鄉土的開朗心情。

最後一類，則是跳脫圖畫的形體刻畫，直截抒寫其意蘊，而以傳情真切為要者者。如為李梅樹先生1938年畫海景一作而寫的〈濤聲〉。畫面上，鮮明組構的是陡峭厚重的岩岸，與激烈拍擊而衝撞、反白的海浪，但詩人觀畫之餘，已超然象外，而直接感應其澎湃浪擊中的生命與意志，寫出：

> 不懈的生命在聳立的黑岩間
> 衝撞　迴流
>
> 奔騰的生命永遠奮力邁向
> 前方
>
> 聽！震耳隆隆的濤聲
> 聽！澎湃激盪的心聲

誠如讀者反應理論所強調的觀點：文本的召喚，讀者通常是以其背景知識或生命經驗進行回應。同樣的驚濤拍岸，悲觀者或聯想為環境惡劣，但樂觀而積極的莫渝，卻在其中體察了永遠奮力前邁的奔騰生命力，甚至在靜止的視覺意象中，自行以聽覺、動覺補充其文本表現空隙，因而鮮活了主題圖象，也豐富了其內在意涵。

　　這樣的超然意趣，又於〈原野大朝陽〉一組詩篇中可獲印
證。用國語書寫的第一篇詩中，莫渝也是超越圖象，直接寫出
觀畫者的感受，所謂「寧靜的田園，充滿朝氣／紅咚咚的日頭
（音韻亮）／早已眷顧這片綠園」看似據景寫實，但驗之於灰
濛色調的原畫，其紅日、綠園的鮮明景色並非眼見，而是詩人
朝氣勃勃的擬想，是由畫中寧靜晨曦裡醞蓄的能量。因此，相
較之下第二段詩句反倒回扣了畫境：「甦醒仍朦朧的鄉間／圓
滾滾的日頭／亮開我們的眼睛」。最耐人尋味的，是末段「興
奮地／擁抱一天的開始」，由詩句的承續關係上讀來，表層意
謂日頭擁抱大地，進一層何嘗不是指「我們」（兼指畫中溪畔
三人，及觀畫的任何人）因朝陽的鼓舞而振奮、而熱切擁抱生
命！待寫到以台語表現的第二篇詩，莫渝更進一步拋開圖像，
順著前述的詩境，興奮的說：「日頭是咱的眼睛／掂開嘎就大
就大／直直觀看咱的綠色田園／美麗的田園　咱的家園／已經
充滿著朝氣」，甚而，對居住於土地上的人們提出深刻的反省
與勉勵「咱　麥擱躊躇／腳步嚘趕緊也」。當兩篇詩接續著讀
來，便不覺有解讀障礙，且能由母語的語感中獲得一種生動的
意象、輕快的節奏。但是，如單獨就台語詩本身與圖畫聯繫，
則其意境差距甚大，而字詞的選用（如「觀看」「朝氣」等較
不符台語習慣；「就大就大」「直直」「麥擱」等副詞）也仍
有可調整的空間（如改為「毋通」躊躇，是不是較適當？）。
而末句「腳步嚘趕緊也」則因「趕緊」後少了修飾的動詞，而
感覺語意尚未完成，非但無法留下餘思，反而令讀詩者望之躊
躇，不知是否該收結？

總括以上各類詩篇的欣賞與分析，可以看出，在這回詩畫實驗中，莫渝嘗試了詩情與畫意多層次的互涉，也將跨類結合的優勢發揮出來：既以詩眼讀畫，有創意地豐富了原作的意境，也藉畫材的多元與序列，開拓了個人詩篇創作的方向，使臺灣現代詩發展出文化紀實、采風的新可能，更讓我們得欣賞到詩畫交織的多元風貌。

結語：掌聲中的期待

　　現代生活步調的過於倉促，使人缺乏讀詩的心情，心靈也相對枯竭，藉由名畫的圖像為媒介，吸引更多人來讀詩；或者因詩篇的興發、示範，豐富了賞畫的意境，確實是詩文學中值得拓展的方向。從中國古典詩詞領域的唐宋題畫、明清扇面，甚或臺灣現代詩人陳千武先生的詩畫聯展等，均在此方面有許多先發的嘗試。然而，莫渝近年來藉助新批評觀念，明白揭示「詩情，不盡然是畫意」的前提，有自覺地為詩人的題畫詩爭取較前人更大的表現自由，也透過實踐，有層次的展現這種詮釋自由，確實值得我們為他鼓掌。

　　但可惜的是，其嘗試擴大詩的語言類型，兼用台語寫詩的拓展角度尚不夠成熟，成篇較少，字詞選用也未盡貼切，則需要我們給予更高的期待，期待這是一個他即將持續耕耘、另開創作高潮的面向。

2007年春

第一道曙光

後　記

詩日記

　　檢查自己詩創作的脈絡，1990 年《浮雲集》出版之後，有《河流》詩集和《戀人絮語》小詩集的集印念頭，最後，這兩項作業均納進 2005 年《莫渝詩文集 II・莫渝詩集二》內。

　　寫詩，實際上就是記日記。詩，應該信手拈來的平常，如同在上述書平裝版封底折口的題詞——六則〈詩的定義〉：「詩，是玫瑰，是香水，散發幽芬，四溢芳郁。／詩，是敞開的窗戶，讓信、望、愛的空氣對流。／詩，是藥帖，是處方，療癒傷痕，撫慰人心。／詩，是自由的飛鳥，是翩躚的蝴蝶。／詩，是晨露、是殘腿、是手鍊、是拍岸的千濤……／詩，什麼都不是，僅僅文字的美妙組合。」

　　有感於疏懶，《戀人絮語》小詩集開始近乎「詩日記」模式的書寫。

2004 年底，決定離開職場，有難捨也無奈。當時，腦海閃現的念頭和出口語詞是：「自由，寬廣的路」。走在路上，最常記誦的是美國詩人佛洛斯特的〈雪夜駐馬林畔〉和〈未選擇的路〉兩首詩。前者鞭策我不敢怠惰：「我還要趕好幾哩路才安睡」；後者，決定時兩難的猶豫，激盪完成詩〈給我一張夢的入境證〉。偶爾，也想起中國顧炎武的「路遠不須愁日暮」的平和心境。

放棄時間的人，終會被時間放棄。

遺忘時間的人，終會被時間遺忘。

在這種心情下，從 2005 年 1 月，啟動詩人的詩日記。有時勤快有時無詩，如今，提出這兩年的生活記載。從「自由，寬廣的路」到《第一道曙光》的集印，這是一位台灣詩人的詩日記：向詩親近，卻異於日治時期王白淵《棘の道》的歷程。

有兩種動物，常在低迷情緒下自我激勵。波德萊爾筆下翱翔高空卻遭戲弄的「信天翁」，應該是詩人親身寫照的投影，是重新展翅前委屈的安慰。鯨，悠遊大洋，沉潛深海，吸納身邊水，傾吐擎天柱。從事詩文學閱讀寫作的過程，對「鯨與信天翁」的信仰經常存在。

三十年前，1977年，高雄三信出版社接納我最初的兩本書：譯詩《法國古詩選》和詩集《無語的春天》（出版延後），間接催生書寫動力的續航。三十年間，印刷出版型態，書市銷售方式，整體閱讀環境等，都起了劇變。然而，手持一卷的模樣神情，仍被懷念。從南方高雄出發，在文學園地遊走多年後，今年，2007 年，北方的秀威，同時接納我的三本書：

詩集《第一道曙光》、文集《台灣詩人群像》和《波光瀲灩——20世紀法國文學》。感謝之外，我相信長期的信念：在自己的土地上，埋希望的種籽，開鮮豔的花朵。

在自己的土地上，的確，文學源自自己的土壤。每回重讀1992年諾貝爾文學獎得主詩人沃克特（Derek A. Walcott）的詩句：「我怎能面對屠殺而無動於衷？／我怎能背離非洲而安心苟活？」內心總會激盪不已。我們的願景是：在這塊我們的土地上，不要出現背離、漂流與屠殺。

台灣，這個不算大也不小的島國，是我們立足發聲的環境；我們的夢想由在這裡起飛。此刻，整理詩集《第一道曙光》，曙光，其實就是心靈之光的浮現。唯自己能照明自己。

這冊平凡詩集，因為四篇文章：文學大亨郭楓前輩和政治大學台灣文學研究所黃美娥教授的序言、笠同仁林鷺小姐和台中教育大學楊淑華教授的評論，增添了許多閱讀的興致，當中，包含不少溢美之詞；重要的是他（她）們的勉勵，由衷感激。

(2007.02.10.)

國家圖書館出版品預行編目

第一道曙光 / 莫渝著. -- 一版. -- 臺北市：

　　秀威資訊科技, 2007[民96]

　　　面；　公分. --(語言文學；PG0139)

　　　ISBN 978-986-6909-72-6(平裝)

　　851.486　　　　　　　　　　96008920

 語言文學類　PG0139

第 一 道 曙 光

作　　　者 / 莫　渝
發 行 人 / 宋政坤
執 行 編 輯 / 賴敬暉
圖 文 排 版 / 張慧雯
封 面 設 計 / 林世峰
數 位 轉 譯 / 徐真玉　沈裕閔
圖 書 銷 售 / 林怡君
法 律 顧 問 / 毛國樑　律師
出 版 印 製 / 秀威資訊科技股份有限公司
　　　　　　台北市內湖區瑞光路583巷25號1樓
　　　　　　電話：02-2657-9211　　傳真：02-2657-9106
　　　　　　E-mail：service@showwe.com.tw
經 銷 商 / 紅螞蟻圖書有限公司
　　　　　　台北市內湖區舊宗路二段121巷28、32號4樓
　　　　　　電話：02-2795-3656　　傳真：02-2795-4100
　　　　　　http://www.e-redant.com

2007 年 5 月　BOD 一版
定價：280元

讀 者 回 函 卡

感謝您購買本書，為提升服務品質，煩請填寫以下問卷，收到您的寶貴意見後，我們會仔細收藏記錄並回贈紀念品，謝謝！

1.您購買的書名：_____

2.您從何得知本書的消息？

　□網路書店　□部落格　□資料庫搜尋　□書訊　□電子報　□書店

　□平面媒體　□ 朋友推薦　□網站推薦 □其他_____

3.您對本書的評價：(請填代號　1.非常滿意 2.滿意 3.尚可 4.再改進)

　封面設計____　版面編排____　內容____　文/譯筆____　價格____

4.讀完書後您覺得：

　□很有收獲　□有收獲　□收獲不多　□沒收獲

5.您會推薦本書給朋友嗎？

　□會　□不會，為什麼？_____

6.其他寶貴的意見：_____

_____

_____

_____

讀者基本資料

姓名：_____　年齡：_____　性別：□女 □男

聯絡電話：_____　E-mail：_____

地址：_____

學歷：□高中(含)以下　　□高中　　□專科學校　　□大學

　　　□研究所(含)以上 □其他_____

職業：□製造業 □金融業 □資訊業 □軍警 □傳播業 □自由業

　　　□服務業 □公務員 □教職　□學生 □其他_____

(請沿線對摺寄回,謝謝!)

秀威與 BOD

BOD（Books On Demand）是數位出版的大趨勢，秀威資訊率先運用 POD 數位印刷設備來生產書籍，並提供作者全程數位出版服務，致使書籍產銷零庫存，知識傳承不絕版，目前已開闢以下書系：

一、BOD 學術著作—專業論述的閱讀延伸
二、BOD 個人著作—分享生命的心路歷程
三、BOD 旅遊著作—個人深度旅遊文學創作
四、BOD 大陸學者—大陸專業學者學術出版
五、POD 獨家經銷—數位產製的代發行書籍

BOD 秀威網路書店：www.showwe.com.tw
政府出版品網路書店：www.govbooks.com.tw

　　永不絕版的故事・自己寫・永不休止的音符・自己唱